120 5 MINUTEN DIKTATE

Klasse 5/6 zum gezielten Rechtschreibtraining

Mit Spaß zu Bestnoten-Inklusive der neusten Rechtschreibregeln

Niemand kriegt beim ersten Mal
alles richtig hin.
Was uns ausmacht, ist,
wie wir aus unseren
Fehlern lernen.
Richard Branson

Inhaltsverzeichnis

Es ist keine Schande nichts zu wissen,
wohl aber, nichts lernen zu wollen.
Planton

Vorwort an die Eltern

Mit diesem Diktate-Buch halten Sie ein gutes Hilfsmittel in den Händen, um Ihrem Kind zu helfen, seine Rechtschreibkenntnisse zu verbessern. Diktate sind eine wirksame Methode, um die Rechtschreibung zu lernen, denn hierbei muss Ihr Kind die verstandenen Wörter ins Schriftliche umsetzen. Dabei kombiniert sein Gehirn die gesprochene und die geschriebene Sprache, sodass es die Schreibweise der Wörter konzentriert abrufen muss. Dies ist wichtig, um Erlerntes zu rekapitulieren und zu festigen. Ihnen ist ja sicher selbst schon aufgefallen, dass sich viele Laute in der deutschen Sprache ähneln, sodass man, wenn man die Schreibweise der Wörter nicht sicher kennt, leicht Fehler macht. In diesem Buch gibt es daher eine Vielzahl von Diktaten, die sich mit speziellen Problemthemen der Rechtschreibung befassen und entsprechend nach Kategorien geordnet sind. So können Sie mit Ihrem Kind ganz gezielt bestimmte Rechtschreibthemen üben, in denen es Schwierigkeiten hat. Außerdem gibt es zum Schluss einige Diktate, die bewusst auf mehrere Gebiete eingehen, sowie drei große Abschlussdiktate, die Sie in beliebig lange Abschnitte unterteilen können. Auch in den speziellen Diktaten kommen selbstverständlich auch Wörter aus anderen Rechtschreibgebieten vor, sodass mit jedem Diktat gleichzeitig auch die allgemeine Rechtschreibung verbessert wird. Natürlich übt Ihr Kind auch immer die Groß- und Kleinschreibung dabei, denn in allen Diktaten gibt es groß- und kleingeschriebene Wörter. Slassen Sie beim Diktieren Kommas und andere Satzzeichen weg, so können Sie jedes Diktat zusätzlich auch zum Üben der Zeichensetzung verwenden.

Die Diktate sind, mit Ausnahme der großen Abschlussdiktate, für jeweils zirka fünf Minuten ausgelegt. Das Ziel soll natürlich nicht sein, das Diktat auf jeden Fall in fünf Minuten zu schaffen, sondern erfolgreich und entspannt zu üben. Wenn Ihr Kind es nicht in fünf Minuten schafft, machen Sie ihm keinen Druck, sondern nehmen sich mit ihm zusammen in Ruhe die nötige Zeit. Seien Sie selbst ruhig, hetzen Sie nicht, schauen Sie nicht auf die Uhr. Motivieren Sie Ihr Kind auf positive Art, loben Sie es auf jeden Fall und schimpfen Sie nicht mit ihm. Das Wichtigste beim Lernen sind der Spaß und der Glaube an die eigenen Fähigkeiten. Vermitteln Sie Ihrem Kind beides und seien Sie geduldig und verständnisvoll.

Denken Sie auch an Ihre wichtige Rolle beim Diktieren. Ihr Kind muss das schreiben, was Sie ihm vorlesen. Das heißt, Sie müssen sehr gut verständlich, deutlich, korrekt, langsam und gut betont sprechen. Üben Sie das Diktieren gemeinsam mit Ihrem Kind. Fragen Sie Ihr Kind, ob Sie für seine Bedürfnisse richtig diktieren und was Sie gegebenenfalls verbessern sollten. Nehmen Sie seine Kritik an und geben sich Mühe, so gut zu diktieren, dass Ihr Kind alles gut verstehen kann.

Es gibt außerdem beim Diktieren einiges zum Ablauf zu beachten:

1. Ihr Kind sollte sich das jeweilige Diktat vorab einmal oder auch mehrfach durchlesen. Suchen Sie die Diktate am besten gemeinsam aus. Es geht ja hier ums Üben und nicht um einen Test.
2. Lesen Sie das gesamte Diktat einmal langsam und deutlich vor, während Ihr Kind nur zuhört, ohne zu schreiben.
3. Nun beginnt das eigentliche Diktat (und damit auch die fünf Minuten), und zwar so:
    a. Lesen Sie jeden Satz einzeln erst einmal komplett vor, während Ihr Kind ebenfalls noch nicht schreibt.
    b. Lesen Sie den jeweiligen Satz in Teilen vor. Je nachdem, wie große Schwierigkeiten Ihr Kind hat, können Sie den Satz in Teile à zwei bis maximal fünf Wörter unterteilen. Besonders schwierige Wörter sollten Sie - bei Bedarf - einzeln diktieren. Während Sie den Satz in Teilen diktieren, schreibt Ihr Kind mit. Lassen Sie ihm dafür genug Zeit und wiederholen Sie, falls erforderlich, ein Teil des Satzes.

4. Nachdem Sie das ganze Diktat auf diese Art diktiert haben, lesen Sie den gesamten Text noch einmal langsam und deutlich vor. Ihr Kind soll dabei seinen geschriebenen Text mitlesen, um gegebenenfalls Fehler zu erkennen. Unterbrechen Sie das Lesen gegebenenfalls und warten Sie, bis Ihr Kind die betreffende Stelle korrigiert hat.
5. Im Anschluss wird korrigiert, und zwar nicht von Ihnen alleine. Gehen Sie den geschriebenen Text mit Ihrem Kind gemeinsam durch. Damit Ihr Kind aufmerksam bei der Sache ist, gibt es zwei Möglichkeiten:
   - Sie können Ihr Kind seinen geschriebenen Text mit dem Original aus dem Buch selbst vergleichen lassen, sodass es die Fehler selbst entdeckt und die falsch geschriebenen Wörter berichtigt. Wenn Ihr Kind einen Fehler übersieht, weisen Sie es freundlich auf die betreffende Stelle in seinem Text und im Buch hin.
   - Sie können auf die falsch geschriebenen Wörter zeigen und Ihr Kind zunächst selbst noch einmal überlegen lassen. Kommt Ihr Kind nicht auf die richtige Schreibweise, sagen Sie ihm diese oder deuten Sie auf das betreffende Wort im Buch. Auch hier soll Ihr Kind natürlich die betreffenden Wörter richtig hinschreiben.

Hat Ihr Kind in einem Diktat viele Fehler gemacht, ist es sinnvoll, dieses beim nächsten Mal erneut zu diktieren und/oder den Text abschreiben zu lassen. Das Ganze soll aber natürlich nicht zur Qual werden. Beurteilen Sie selbst und besprechen mit Ihrem Kind, wie Sie zusammen vorgehen wollen. Durch die eigene Mitentscheidung fühlt sich Ihr Kind respektiert und bekommt dadurch eine stärkere Motivation zum Mitmachen.

Und nun wünsche ich Ihrem Kind und Ihnen viel Spaß und Erfolg mit den Diktaten!

Es gibt keinen Misserfolg.
Entweder du hast Erfolg oder du lernst.
Kevin Kruse

120 Fünf-Minuten-Diktate

Schwerpunkt a, aa, ah

Der alte Kastenwagen

Peter ist Handwerker und fährt seit Jahren einen alten Kastenwagen. Peter und sein Wagen sind fast wie ein Paar. Aber der arme, alte Kastenwagen ist wirklich in die Jahre gekommen. Der Anlasser will den Wagen oft nicht mehr anlassen und die Achse ächzt, besonders auf altem Asphalt. Peter braucht die Kraft seiner beiden starken Arme, um den Wagen auf der Straße zu halten. Er hat keine Ahnung, was er machen soll. Der alte Kastenwagen ist doch seit so vielen Jahren sein Partner. Ein so altes Paar kann man doch nicht trennen!

Der Einkauf

Mama hat eingekauft, sie macht ein gequältes Gesicht, als sie nach Hause kommt. Papa fragt: „Was ist passiert? Hast du nicht alles für unsere Mahlzeit bekommen?“ Die Kinder ahnen nichts Gutes, denn Mama sieht wirklich geplagt aus. Sie antwortet: „Der Einkauf war eine Qual. Es klappte nichts wie geplant. Es gab nur noch ein ganzes paar Bananen. Die Paprika und die Tomaten waren fast alle matschig. Das Haltbarkeitsdatum der Margarine war lange abgelaufen. Quark gab es gar nicht. Zum Glück gab es noch Baguette und Käse. Unsere Zahnpasta war auch nicht mehr vorrätig.“

Der Einkauf (Fortsetzung)

Mama erzählt weiter: „Während ich noch nach haltbaren und guten Sachen gesucht habe, hat mich ein Verkäufer ermahnt, schnell zur Kasse zu gehen und zu bezahlen, weil der Laden schließen wollte. Als ich dann aus dem Laden kam, saß draußen vor der Ladentür ein Maler, der gerade mit seiner Malzeit begonnen hatte. Also, er hat nichts gegessen, sondern er malte dort mitten im Weg. Fast wäre ich über ihn und seine Staffelei gefallen. Er wurde auch noch patzig und sagte zu mir, ich solle doch achtsam sein und besser aufpassen. Alle nehmen die arme Mama in die Arme.

Der Wal und die Quallen

Ein Wal lebt in einem Meer, in dem es viele Quallen gibt, auch Feuerquallen. Das ist oft eine große Qual für den armen Wal. Wenn die feurigen Tentakel der Feuerquallen ihn berühren, brennt seine arme Walhaut oft qualvoll. Der Wal sagt zu den Quallen: „Könnt ihr bitte mal etwas achtsamer sein? Ihr tut mir weh!" Die Quallen antworten im Chor: „Wir machen das nicht mit Absicht, Wal! Wir haben unsere Tentakel nicht unter Kontrolle!" Der Wal stöhnt ahnungsvoll: „Dann habe ich wohl keine Wahl. Es bleibt die Qual!"

Der Nachtisch

Anna gönnt sich nach dem Essen gerne einen Nachtisch, dabei denkt sie manchmal bis tief in die Nacht nach und vergisst ab und zu Ihren Nachtisch. Heute hat Anna wieder viel nachgedacht. Nach und nach isst sie dabei ihren Abendnachtisch. Ihr Handy klingelt. Anna denkt: „Wer ist denn das noch? Es ist doch fast Nacht." Es ist Annas Nachbar. Er will Anna nur „Gute Nacht" wünschen. Dann sucht Anna den Rest von ihrem Nachtisch. Sie denkt nach. Wo hat sie ihn nur hingestellt? Endlich findet sie das Schälchen mit ihrem Nachtisch. Es steht auf ihrem Nachttisch.

Nasenprobleme

Der nette Nachbar hat Nasenprobleme. Er hat Schnupfen und muss immerzu niesen. Der Nachbar sagt zu den anderen Nachbarn: „Kommt mir mit meiner Schnupfennase bloß nicht zu nahe, sonst stecke ich euch noch alle an und dann niesen wir hier in der Nachbarschaft nur noch. Man hört unser Niesen bis nach Nepal." Die anderen Nachbarn lachen, aber sie sind ihrem niesenden Nachbarn bei dem Gespräch über seine Nase schon viel zu nahegekommen. Nun haben alle Nachbarn auch Nasenprobleme bekommen und müssen aus ihren Schnupfennasen zusammen so laut niesen, dass man es bestimmt bis nach Nepal hört.

Papa und sein Fahrrad

Papa fährt gern Fahrrad. Mit seinem Fahrrad fährt Papa sogar zur Arbeit. Aber da wäre fast etwas passiert. Ein Autofahrer hat nicht aufgepasst und hätte Papa beinahe fast angefahren. Als alter Radfahrer konnte Papa aber zum Glück noch ausweichen, doch dann ist er vom Fahrrad gefallen. Papa hat sich zwar nicht verletzt, aber ein Fahrradreifen hat jetzt eine Acht. Darüber ist Papa sehr verärgert. Der Autofahrer ist – ohne Papa zu beachten - einfach weitergefahren. Er kann auch nicht bestraft werden, weil Papa das Autokennzeichen nicht so schnell erkannt hat. Gut, dass Papa einen Fahrradhelm getragen hat. Inzwischen wurde Papas Fahrrad im Fahrradladen repariert. Nun fährt Papa wieder mit dem Fahrrad, allerdings passt er jetzt viel besser auf.

Keine Bananen

Es ist ein warmer Sommertag. Die ganze Familie liebt Bananen. Die Kinder fragen: „Können wir eine kalte Bananenmilch haben?" Mama nickt und antwortet: „Ja, gerne. Aber wir müssen erstmal Bananen und Milch kaufen!" Die Familie fährt von Laden zu Laden. Nirgendwo gibt es noch Bananen, das konnte doch niemand ahnen. Mama ist genervt und sagt: „Man kann nie etwas planen!" Nun gibt es nur kalte Milch ohne Bananen. Das ist sehr schade für die Kinder. Es hätte doch wenigstens ein paar Bananen geben können! Papa war bis jetzt noch nicht zu Hause, aber da ist er ja. Er hält etwas in der Hand. Es ist kaum zu glauben, aber es ist doch wahr. Papa hat tatsächlich eine schöne große Staude Bananen mitgebracht. Alle sind erstaunt, aber Papa lacht und sagt: „Ich habe geahnt, dass es heute bei dem Wetter Bananenmilch gibt!"

Die beiden Aale

Zwei alte Aale leben schon lange zusammen im Arm eines alten Flusses. Am liebsten aalen sich die beiden Aale im Schlamm des Flusses. Jeden Tag verbringen sie ein paar Stunden auf diese Art und Weise. Die Aale sind schlau aufgrund ihres Alters und Erfahrung und ahnen immer im Voraus, wenn Gefahr droht. Sie passen gut auf, dass sie nicht geangelt werden, denn manchmal sind Angler am Fluss. Die beiden graben sich ganz tief in den Schlamm ein und machen sich dadurch unsichtbar. So leben die Aale bestimmt noch mehr als ein paar Jahre im Flussarm und aalen sich entspannt im Schlamm, wenn sie nicht gerade auf Nahrungssuche sind. Dabei sind sie sehr achtsam, dass sie keine Nahrung nehmen, die an einer Angelschnur hängt. So leben die beiden alten Aale ohne Gefahr. Der eine Aal sagt zum anderen Aal: „Es ist tatsächlich wahr, dass wir so schlau sind. So sind wir Aale eben!" Der andere Aal antwortet lachend: „Das ist doch klar. Man hat immer die Wahl. Das Beste ist ein langes Leben ohne Qual!"

Schwerpunkt e, ee, eh, ä, äh

Anna, das Meer und die Märchen

Für Anna gibt es nichts Schöneres, als mit ihren Eltern in den Sommerferien ans Meer zu fahren. Anna liebt das Meer und den Strand. Sie war schon an verschiedenen Meeren und Stränden. Wenn Anna am Meer ist, liegt sie gerne am Strand und liest Märchen vom Meer. Sie kann gar nicht genug davon bekommen. Sie findet es sehr schade, dass es nicht mehr Ferien am Meer gibt. Wenn es nach Anna ginge, gäbe es nicht nur mehr Ferien am Meer, sondern auch viel mehr Meere und Strände, vor allem auch noch viel mehr Märchen vom Meer.

Die Krähen

Zwei Krähen sitzen zusammen auf einer Banklehne.
Die eine Krähe kräht: „Lass uns doch ein Lied aus voller Kehle krähen!" Sofort beginnt die Krähe so laut zu krähen, dass sich ihre schwarze Kehle aufplustert. Die andere Krähe sperrt weit den Schnabel auf, aber nicht ein einziger gekrähter Ton kommt aus ihrer Kehle, sondern nur ein heiserer Krächzer.

Die erste Krähe kräht: „Hast du etwa wieder dieses mehlige Brot ohne Käse gegessen?" Die zweite Krähe krächzt: „Ja, es war kein Käse da!" Die erste Krähe kräht: „Ach, du arme Krähenseele. Lass uns schnell etwas Käse suchen, damit es dir wieder besser geht und du wieder krähen kannst!"

Bären lieben Beeren

Bären haben oft einen ausgesprochenen Bärenhunger. Sie machen sich auf die Suche nach Beeren und freuen sich, wenn sie dabei Bären treffen, die auch auf der Suche nach Beeren und Bären sind. Die Bären suchen überall gemeinsam nach Beeren. Bären freuen sich sehr, wenn sie dann auch mit anderen Bären genügend Beeren finden, um den Bärenhunger zu stillen. Ihren ärgsten Hunger stillen Bären am liebsten mit saftigen Himbeeren, Brombeeren, Blaubeeren und Erdbeeren. Danach legen sich die Bären zusammen auf die Bärenhaut und lecken sich die Reste der leckeren Beeren mit ihren Bärenzungen von ihren Bärenmäulern und ihren Bärentatzen.

Picknick am Meer

Am Wochenende fährt die Familie oft zum Picknick an das nahegelegene Meer. Es ist schön, dass das Meer in der Nähe ist, denn so bleibt der Familie mehr Zeit für ihr Picknick am Meer. Aber am Meer kann die Familie noch mehr unternehmen als picknicken. Alle baden gern im Meer, und wenn sie genug vom Baden haben, legen sie sich in die schöne Sonne oder spielen Beachball. Wenn die Sonne untergeht, ist der Picknickkorb meistens leer. Dann fährt die Familie wieder weg vom Meer. Die Familie hätte gern noch mehr Zeit am Meer. Auf das nächste Mal freut sich die Familie schon sehr.

Die Elefanten

Eine Elefantenherde lebt in Afrika. Elefanten sind sehr freundliche Wesen und helfen sich gegenseitig in allen Lebenslagen. Die Elefanten leben in der Nähe eines Meeres, in dessen näherer Umgebung eine Elefantentränke ist. Auch bei der stärksten Hitze finden die Elefanten dort ihr Lebenselixier, das leckere, erfrischende Wasser der Tränke. Meerwasser ist für Elefanten zu salzig. Die nahegelegene Elefantentränke enthält für die Elefanten geeignetes Süßwasser aus einer Quelle. Die Tränke ist sehr groß, sodass immer mehr Wasser bereitsteht, als die Elefantenherde zum Leben braucht. Mindestens einmal am Tag geht die Elefantenherde zu der Tränke. Die jungen, energiegeladenen Elefanten helfen den älteren Elefanten und den Elefantenkindern, damit auch jeder unbeschwert zu seinem Recht kommt. Elefanten helfen sich gegenseitig, das ist kein Märchen. Von den Elefanten kann man viel und noch viel mehr lernen. Elefanten zeigen den Menschen, wie es geht.

Keine Getränke

Ernst stellt ärgerlich fest, dass er keine Getränke mehr zu Hause hat. Es ist Monatsende und Ernst hat auch nicht mehr viel Geld. Zum Glück hat Ernst noch Leergut, das er abgeben kann. Er geht zu dem nahegelegenen Supermarkt und steckt dort das Leergut in den Leergutautomaten. Mit dem Pfandbon in der Hand sucht er die Getränke. Sie stehen nicht mehr dort, wo sie vorher waren. Endlich ist Ernst nun doch am Getränkeregal angekommen. Aber, oh Schreck, es sind überhaupt keine Getränke mehr in dem Regal. Das ganze Getränkeregal ist leer. Es gibt zwar noch Kaffee und Tee, aber Ernst hat sich auf ein erfrischendes Getränk gefreut. Erfrischungsgetränke sind nicht mehr vorrätig, nicht einmal Mineralwasser.

Keine Getränke (Fortsetzung)

Ernst ist entsetzt. Er fragt einen Verkäufer, wo die Getränke sind. Der Verkäufer antwortet: „Die nächste Getränkelieferung kommt erst morgen früh. Aber bei dem heißen Wetter stehen die Leute hier bestimmt schon wieder Schlange. Wenn Sie Getränke ergattern möchten, sollten Sie bei diesem Wetter rechtzeitig kommen." Entsetzt und ärgerlich geht Ernst zur Ladenkasse und lässt sich das Geld für den Pfandbon geben. Zu Hause trinkt Ernst Leitungswasser. Das ist auch nicht schlecht. Am nächsten Morgen ist Ernst der erste Kunde am Getränkeregal. Endlich Erfrischung!

Mehr geht nicht

Peer fährt in den Ferien mit seinen Eltern endlich ans Meer. Das ist für Peer wie ein Märchen, denn Peer liebt das Meer. Am Meer wohnt Peer mit seinen Eltern in einer herrlichen kleinen Pension direkt am Meeresufer. Von der Terrasse der Pension aus hat die Familie den perfekten Meerblick. Das Wetter ist auch echt toll. Peer erlebt aufregende Ferien. Es gibt hier nicht nur Meer und sehr viel Sandstrand, sondern in der Umgebung auch Wälder, in denen Nadel- und Laubbäume wachsen und viele Tiere leben. So einen erlebnisreichen Ferienaufenthalt hat Peer sich nicht einmal in seinen Träumen vorgestellt. „Mehr geht nicht!", denkt Peer. Auf der Terrasse der Ferienpension leben sogar ein paar Eidechsen. Peer hat sie selbst entdeckt. Er hat die Eidechsen sehr gerne.

Mehr geht nicht (Fortsetzung)

„Ärgerlich ist nur“, findet Peer, „dass diese tollen Ferien am Meer nicht mehr ewig dauern und irgendwann zu Ende sind.“ Das ist leider nicht zu ändern. Am Ende der tollen mehrwöchigen Ferien am Meer weiß Peer, dass er in den nächsten Ferien auf jeden Fall wieder an diesen Ort am Meer kommen will. Er will aber nicht nur das Meer und den Strand wiedersehen und Abenteuer in den Wäldern erleben, sondern er kehrt auch zu den Eidechsen zurück, die seine Freunde geworden sind. Peer überredet seine Eltern, direkt schon die nächsten Ferien in der netten Pension zu buchen. Peers Eltern versprechen: „Peer, wir werden noch viel mehr an dieses Meer fahren!“ Das ist nun tatsächlich ein Märchen für Peer. Er freut sich schon auf die nächsten Ferien.

Schwerpunkt i, ie, ieh

Max liebt alles, was fliegt

Max ist fasziniert von allen Tieren und Dingen, die fliegen. Er beobachtet dies alles nicht nur, sondern fotografiert und filmt es auch. Er hat schon viele gute Fotos gemacht, aber besonders toll sind seine Videos. Das liegt daran, dass es schwierig ist, etwas, das fliegt, ohne Verwackeln zu fotografieren. Das Filmen funktioniert besser. So hat Max schon Videos von verschiedenen Fluginsekten gedreht, die durch die Luft fliegen und flattern oder in der Luft schweben, sodass es aussieht, als würden sie auf einer Stelle stehen.

Max liebt alles, was fliegt (Fortsetzung)

Besonders schöne Videos dreht Max aber auch von verschiedenen Vögeln, die zum Teil sogar pfeilschnell vorbeifliegen. Er hat schon so manches in der Natur gefilmt. Darunter sind zum Beispiel Flugzeuge und Hubschrauber, fliegende Baumblätter und auch Flugblätter aus Papier. Sogar einen fliegenden Hut und eine fliegende Mütze hat Max schon gefilmt. Mittlerweile verbringt Max fast seine ganze Freizeit damit, Videos von allem, was fliegt, zu drehen. Er ist schon sehr gespannt darauf, was noch so alles an ihm und seiner Videokamera vorbeifliegen wird.

Wo ist die Kugelschreibermine?

Ein Lehrer korrigiert zu Hause die Klassenarbeiten. Er hat dafür einen Kugelschreiber mit einer roten Mine. Als der Lehrer heute den Kugelschreiber in die Hand nimmt, sieht er, dass die Mine des Kugelschreibers fehlt. Genervt verzieht der Lehrer seine Miene. Er ist irritiert. Wo ist die Mine? Der Stapel mit den Klassenarbeiten stürzt inzwischen zusammen wie eine Lawine. Das imponiert dem

Lehrer gar nicht. Er schiebt den Stapel unwirsch wieder aufeinander. Er braucht unbedingt die rote Mine. Wie kann so etwas immerzu passieren? Wieso erinnert er sich nicht, wo die Mine ist? Die Miene des Lehrers verfinstert sich weiter. Schließlich gibt er auf und kauft eine neue rote Mine.

Ida liebt die Natur

Ida liebt es, in der Natur zu sein. Dort sieht sie sich die vielen liebenswerten Pflanzen und Tiere an. Da gibt es die niedlichen Bienen, die dicken Hummeln, die verschiedenen Marienkäfer und auch Maikäfer. Schmetterlinge, Libellen und Hummeln fliegen auch durch die Luft. Vögel zwitschern in den Bäumen. Lieblich duftende Wiesenblumen recken ihre Blütenköpfe gen Himmel. Grillen zirpen und Eidechsen flitzen herum. Ida liebt das alles sehr. Sie denkt: „Ich muss hier alles viel mehr fotografieren, damit ich die Erinnerung daran nicht verliere." Ida hat einen Fotoapparat und nimmt ihn jetzt immer mit zur Wiese.

Es piept

Eine Familie lebt in einer belebten Gegend in einer staubigen Stadt. Die Stadt ist nicht nur staubig, sondern auch laut. Bei dem lauten Hupen und Dröhnen bleibt der Familie manchmal nichts anderes übrig, als die Fenster zu schließen. Eines Tages, als der Familie wieder einmal nur die Möglichkeit blieb, die Fenster zu schließen, hören sie deutlich weiterhin ein Piepen. Es ist nur ein leises Piepen und die Familie weiß nicht, woher es kommt. Was könnte das sein? Vielleicht ein kleiner Piepmatz, der unbemerkt in die Wohnung gekommen ist, oder vielleicht eine Maus? Eines der Kinder, das am liebsten Detektiv spielt, geht auf Zehenspitzen durch die Wohnung, um den Pieper zu finden.

Es piept (Fortsetzung)

Das Kind sagt zu dem Piepton: „Nun sei doch lieb und sage, wer du bist!" Auf der Spur des Piepens bleibt das Kind plötzlich vor der Abstellkammer stehen. Es hört ganz deutlich, dass das Piepen daher kommt. Das Kind fragt laut in die Abstellkammer: „Wer piept da? Bleib sitzen, wo du bist!" Da muss Papa plötzlich laut lachen und sagt: „Nun kann ich euch auf Anhieb sagen, wer da piept. Es ist mein Wecker, der mich neulich zu früh aus dem Bett gepiept hat. Er ließ sich nicht abstellen. Also habe ich ihn in die Abstellkammer verbannt, damit ihr alle noch ungestört in den Betten bleiben könnt. Ich dachte, der Wecker würde irgendwann von selbst aufhören zu piepen!"

Anja und die Tiere

Anja liebt alle Tiere. In ihrer Freizeit sieht sie sich gern die Tiere in ihrer Umgebung an und fotografiert sie auch. Anja hat schon sehr viele Fotografien von sehr vielen verschiedenen Tieren. Auf den Fotografien sieht man Bienen, Igel, Libellen, Vögel mit buntem Gefieder, Marienkäfer und Schwebfliegen. Aber auch ein Wiesel und einen Iltis konnte Anja fotografieren. Anja fotografiert auch gerne die Tiere im Zoo. Auf den vielen Fotografien aus dem Zoo sieht man Tiger, Ziegen, Pinguine, Schildkröten, Alligatoren, Krokodile, Wildkatzen und Faultiere. Schön findet Anja auch die lieblichen Flamingos. Sie macht aber nicht nur Fotografien, sondern dreht auch viele Tiervideos. Zu Hause überspielt sie alles auf ihren Computer und archiviert ihre Fotografien und Videos in verschiedenen Dateiordnern. Ihr Archiv ist sehr vielseitig und beliebt bei ihrer Familie.

Schwerpunkt o, oo, oh, ö, öh

Sonntagmorgen ohne Sorgen

Olga ist Obstverkäuferin auf dem Wochenmarkt. Oft hat sie dabei Probleme mit dem langen Stehen und macht sich Sorgen, denn sie braucht ihren Job und auch das Geld. Aber nun ist Sonntagmorgen und Olga möchte den Sonntag ohne Sorgen verbringen. Im Moment genießt sie ihr Mohnbrötchen mit Honig. Dabei fühlt sie sich wohl. Nach dem Mohnbrötchen mit Honig löffelt Olga noch einen Joghurt mit Zitrone. Sorgenfrei erholt sie sich von ihrem Stress im Job. Olga überlegt, wobei sie sich noch mehr erholen könnte. Sollte sie im Moor spazieren gehen?

Sonntagmorgen ohne Sorgen (Fortsetzung)

Möglicherweise wäre es erholsamer als ein Spaziergang im Moor, wenn Olga sich unter einem großen Baum in das schöne weiche Moos legen würde. Im weichen Moos könnte sie sich ohne

Probleme ein paar Momente aufs Ohr legen, eventuell könnte ihr aber auch ein Ohrenkneifer ins Ohr kneifen. Das wäre nicht erholsam. Olgas Bauch ist noch voll von dem Mohnbrötchen und dem Joghurt. Olga denkt, dass Sport jetzt wohl das Beste wäre. Olga joggt lieber eine Runde. Danach gönnt sie sich ohne Sorgen ein Eis. Den Rest des Sonntags verbringt Olga auf einer Polsterliege in der Sommersonne. So fühlt sie sich wohl.

Bohnensuppe

In einem Restaurant steht heute Bohnensuppe auf der Tageskarte. Das ist eine Spezialität des Hauses. Der Koch fängt an, die Bohnensuppe zu kochen. Er tut dies ohne Worte, wie so oft. Er konzentriert sich auf den Kochvorgang. Wortlos stellt der Koch fest, dass zu wenig Bohnen vorrätig sind, um die Bohnensuppe zu kochen. Der Koch stöhnt auf und macht sich Sorgen. Nun muss er improvisieren. Was kommt noch in eine Bohnensuppe? Was könnte das sein anstelle der Bohnen? Der Koch kocht die wenigen Bohnen nun zusammen mit Kartoffeln, Möhren, Tomaten und Brokkoli. Er würzt die ungewöhnliche Bohnensuppe mit Oregano und Knoblauch. Der Koch ist etwas besorgt. Hoffentlich merken die Restaurantbesucher nichts. Er hat ja gemogelt.

Das Ölbild

Ein Maler will ein großes Ölbild malen. Am liebsten malt er mit Borstenpinseln. Die Ölfarben liegen bereit. Der Maler sortiert seine verschiedenen großen Borstenpinsel. Besorgt stellt er fest, dass viele der Borstenpinsel kaum noch Borsten haben. Es gibt sogar Pinsel ganz ohne Borsten. Der Maler stöhnt. Wo sind die Borsten der Pinsel? Der Maler sieht seine alten Ölbilder an. Dort sind doch wirklich die Borsten. Seine eigenen Ölbilder haben seinen Borstenpinseln die Borsten gestohlen. Der Maler findet die Borsten seiner Pinsel in den Ölbildern ganz oben, aber auch unten am Boden. Er kann seinen Pinseln die verlorenen Borsten nicht zurückholen. Der Maler möchte aber nicht in einen vollen Laden gehen, um neue Borstenpinsel zu holen. Besorgt und vorsichtig malt er nun sein neues Ölbild mit den Pinseln fast ohne Borsten. Das Ölbild ist sehr ungewöhnlich geworden, dafür ist es aber borstenlos.

Die Möwen

Am Strand liegt der Rest von einem Döner. Die Möwen kommen herbei. Eine der Möwen schreit: „Nun können wir königlich dinieren!" Eine andere Möwe ist eine Lachmöwe. Sie lacht: „Dann sind wir die Könige der Möwen. Natürlich auch die Königinnen der Möwen!" Eine andere Lachmöwe fragt lachend: „Macht Döner eigentlich wirklich schöner?" Noch eine andere Möwe meint: „Wir Möwen sind doch ohnehin schon schön, auch ohne Döner!" Trotzdem gönnen sich die Möwen nun den Döner.

Viele Möglichkeiten

Björn und Torben haben Sommerferien. Sie fahren nicht in den Urlaub, aber zu Hause gibt es viele Möglichkeiten, was Björn und Torben unternehmen können. Es ist schönes Wetter. Sie können joggen gehen oder Skateboard fahren, auch ohne T-Shirt. Björn und Torben legen sich überlegen in die schöne Sonne und schmoren in der Hitze. Björn meint: „Daran könnte ich mich gewöhnen!" Torben stöhnt: „Ohne Sonnenschutz bekomme ich in der Sonne einen Sonnenbrand!" Björn antwortet: „Du hast möglicherweise recht. Es gibt so viele Möglichkeiten, hier etwas Schönes zu unternehmen. Wir können doch auch sofort ohne Probleme schwimmen gehen und uns dann im Schatten erholen!"

Hasen mögen Möhren

Zwei Hasen sind Freunde. Die beiden mögen am liebsten Möhren. In einer Höhle haben sie sich einen großen Möhrenvorrat angelegt. Aber nun sind die Möhren fast alle. Der eine Hase sagt besorgt: „Wo bekommen wir nun neue Möhren her?" Der andere Hase antwortet fröhlich: „Ich weiß, wo wir neuen Proviant finden. Dahinten ist ein schönes Holzhaus mit einem Garten voller toller Möhren, weil der Bewohner auch gern Möhren mag. Dort können wir uns Möhren holen, während der Bewohner in seinem Holzhaus ist!" Früh am nächsten Morgen holen sich die beiden Hasen die benötigten Möhren aus dem Garten des schönen Holzhauses. Nun ist der Möhrenvorrat in ihrer Höhle wieder aufgefüllt, die Höhle ist voller Möhren. Ungestört fressen die Hasen nun eine Menge Möhren. Als der Bewohner des Holzhauses in seinen Garten kommt, ruft er empört: „Ich könnte schwören, dass es hier vorher noch mehr Möhren gab! Warum konnte ich die Diebe nicht hören?"

Ohne Worte

John und Josef sind zwei Freunde, die sich auch ohne Worte gut verstehen. Die beiden gehen gern zusammen joggen, bis ihre Schuhsohlen heiß gelaufen sind. Dann setzen sie sich zum Erholen oft ins weiche Moos am Moor unter den Moorweiden. Dort hören sie mit offenen Ohren manchmal das Moor stöhnen. Daran haben sie sich gewöhnt. Aber sonst ist es hier sehr schön. Ohne Worte erholt man sich vom Joggen schneller. Nur selten hören John und Josef an diesem Ort Flugzeuge dröhnen. John meint zu Josef: „Ich könnte mich auch daran gewöhnen, hier zu wohnen!" Josef antwortet: „Wie bist du auf diese Idee gekommen? Wir können doch nicht im Moos oder im Moor wohnen!" Tatsächlich, ab und zu führen John und Josef auch mal einen Dialog. Nach diesen Worten joggen John und Josef erholt und ohne Worte nach Hause zurück.

Schwerpunkt u, uh, ü, üh, y

Tyler und sein Xylophon

Tyler hat ein Xylophon. Er übt tüchtig das Xylophonspielen. Oft ist Tyler dabei übermütig. Er hätte beinahe einmal sein Xylophon vor Übermut zertrümmert. Das hat ihn sehr betrübt, weil er sein Xylophon doch liebt. Nach jedem Übungszyklus ist Tyler müde. Dann streckt er erstmal die Füße aus und gönnt sich eine Brühe. Wenn Tyler keine Müdigkeit mehr verspürt, übt er das Xylophonspielen weiter. Dies macht ihm keine Mühe.

Auf dem Hühnerhof

Auf einem Hühnerhof leben viele Hühner zusammen. Natürlich gibt es dort auch einen Hahn. Die Hühner suchen kühn und übermütig nach Futter eine Flosse. Einige der Hühner sitzen auch auf der Hühnerleiter, andere legen Eier oder brüten ihre Küken aus. Die Hühnerküken müssen, wenn sie ausgeschlüpft sind, noch üben, nach Futter zu suchen. Manchmal sitzt auf dem Dach des Hühnerstalls auch ein Uhu und schaut den Hühnern zu. Der Uhu kann richtig fliegen mit seinen großen Flügeln, die Hühner mit ihren kurzen Flügeln leider nicht.

Uwe, der Hüne

Uwe arbeitet in einer Autowerkstatt. er ist ein richtiger Hüne. Kühn und mühelos hebt er jedes Auto auf die Hebebühne und wieder herunter. Dafür muss Uwe nicht viel überlegen, denn darin ist er geübt. Auch privat hat Uwe, der Hüne, etwas mit einer Bühne zu tun. Er spielt gerne einen hünenhaften Hünen auf einer Theaterbühne. Übermütig spielt er geübt diesen Riesen und trägt eine riesige Ritterrüstung in Übergröße. Diese zieht Uwe vor dem Theaterstück natürlich erst geübt über. In der Autowerkstatt arbeitet er in einem Overall. Auch das Überziehen eines Overalls will geübt sein, genauso wie der Umgang mit der Hebebühne.

Die Kuh und das Huhn

Eine bunte Kuh und ein bunt gefiedertes Huhn wohnen zusammen auf einem lustigen Bauernhof. Die Kuh und das Huhn sind schon alt, aber gesund. Früher hat die Kuh nur gemuht und das Huhn nur gegackert. In der langen gemeinsamen Zeit haben das Huhn und die Kuh aber gelernt, sich zu unterhalten. wenn Zeit dafür ist. Zeit gibt es genug, denn auf dem lustigen Bauernhof ist nicht viel zu tun. Die Kuh muss nur die Milch geben und das Huhn muss nur Eier legen. Wenn die Kuh gemeinsam mit dem Huhn ruht, unterhalten sich die beiden oder sie ruhen einfach nur ganz ruhig, bis der Bauer sie ruft. Ab und zu muht die Kuh noch, wenn sie ruht und träumt, und das Huhn gackert dazu. Heute sind das Huhn und die Kuh jedoch putzmunter und haben nichts weiter zu tun.

Die Kuh und das Huhn (Fortsetzung)

Die Kuh und das Huhn drehen eine gute Stunde gemeinsam eine Runde rund um den Bauernhof. Das Huhn ist etwas müde und ruft: „Liebe Kuh, darf ich mich für den Rest des Rückwegs auf deinen Rücken setzen und dort ausruhen?" Die Kuh lacht glücklich und sagt: „Natürlich kannst du das, liebes Huhn. Ich trage dich gern zurück zum Bauernhof. Dann kann ich etwas Gutes tun!" Die Kuh beugt sich zu dem Huhn herunter, damit das Huhn auf den Rücken der Kuh flattern kann. Nun geht die Kuh mit dem Huhn auf ihrem Rücken zurück zum Bauernhof. Das Huhn ist voller Glück und sagt entzückt: „Meine liebe Freundin Kuh, es ist gut, auf deinem Rücken zu ruhen!"

Der Drummer

Douglas ist Drummer. Er spielt Schlagzeug in einer Musikband. Douglas ist wirklich gut. Aber als Drummer muss er viel üben. Für einen Drummer ist es überaus wichtig, jeden Rhythmus zu beherrschen. Da hilft nur Üben, Üben, Üben. Die Band übt natürlich auch zusammen in ihrem Übungsraum. Jeder übt auf seinem Instrument, natürlich auch den Gesang. Der geübte Drummer Douglas sorgt dabei für den richtigen Rhythmus. Wenn die Band zu laut übt, kommt oft ein wütender Nachbar an die Tür des Übungsraumes und stöhnt: „Ist das hier ein Überfall?" Dann sagt Douglas amüsiert: „Ja, es ist ein Rhythmus-Überfall!"

Schwerpunkt au, eu, äu, ei, ai

Tina läuft

Tina trainiert Langlauf. Außerhalb der Schule kann sie das nur, indem sie auf dem Bürgersteig um ihren Häuserblock herumläuft. Auch heute läuft Tina wieder um die Häuser herum. Zuschauer hat Tina dabei auch, denn viele Leute sind schon auf sie aufmerksam geworden. Die meisten Leute staunen, wie schnell Tina läuft. Tina kann ja auch sehr lange laufen. Heute läuft sie aber besonders schnell. Davon fühlen sich einige Leute vom Bürgersteig verscheucht. Auch Hunde und Katzen scheuen zurück. Nach dem Laufen braucht Tina eine Pause und geht nach Hause. Sie schaut in den Kühlschrank und findet dort einen Joghurt als Beute. Das ist genau das, was sie jetzt braucht. Sie freut sich und taucht den Löffel in den Joghurt. Was für ein kühler Schmaus. Dann läutet es an der Tür. Es ist Tinas beste Freundin. Die Freundin fragt: „Bist du heute schon genug gelaufen? Wollen wir uns gleich noch ein Eis kaufen?" Das will Tina auch und freut sich.

Eugen ist ehrgeizig

Eugen ist sehr ehrgeizig. Er will immer perfekt sein und alles schaffen. Das macht ihm sogar Freude. Immer gibt Eugen sein Äußerstes. Er arbeitet häufig freudig sehr lange, sehr zur Freude von Eugen's Chef. In der Firma räumt Eugen auch immer nebenbei noch alles auf, auch für die anderen, ebenso zu Hause. Er gönnt sich keine Pause. Pausen machen Eugen keine Freude. Eugen zündet auch gern Räucherstäbchen an. Leider hat Eugen kaum noch Zeit für seine Freunde. Er sieht sie nur äußerst selten. Das macht Eugen und seine Freunde oft traurig. Eugen überlegt: „Sollte ich nicht vielleicht besser mein Möglichstes für meine Freunde geben? Vielleicht sollte ich weniger aufräumen?"

Das neue Gebäude

Zur großen Freude der Schüler baut die Schule ein neues Gebäude. Es ist aber kein großes Schulgebäude, sondern ein kleines Holzhaus mit Sitzbänken auf dem Schulhof, dass gar nicht teuer, aber äußerst schön ist. Nicht nur die Außenansicht, sondern auch innen ist es schön anzusehen. In dem kleinen Häuschen ist es sehr geräumig. Es freut alle Schüler sehr, dass sie nun auch in den Regenpausen draußen auf dem Schulhof sitzen können. An kalten Tagen bleiben die Schüler aber auch häufig im warmen Gebäude der Schule und erfreuen sich an dem Anblick des kleinen Holzgebäudes und schauen freudig neuen warmen Tagen entgegen.

Das Mäuschen

In einem alten Häuschen wohnt in einem Mauseloch ein Mäuschen. In einem Baum neben dem Häuschen und dem Mäuschen wohnt ein Käuzchen. Das Mäuschen und das Käuzchen sind Freunde. Zur Freude des Mäuschens gibt es viel Käse in dem alten Häuschen. Das Mäuschen und das Käuzchen machen gerne zusammen ein Päuschen und verspeisen freudig den teuren Käse. Die Bewohner des Häuschens lieben ihr Mäuschen und ihr Käuzchen und freuen sich, dass den beiden der Käse schmeckt. Auch die Menschen sind Freunde des Mäuschens und des Käuzchens.

Der scheue Räuber

In einem Haus mit Garten und Terrasse wohnt eine Familie mit ihrer Katze. Häufig frisst die Katze ihr Katzenfutter auf der Terrasse. Jemand klaut neugierig etwas vom Futter der Katze. Die Familie bemüht sich aufs Äußerste, den Räuber zu entdecken, sie schafft es nicht, denn der Räuber ist scheu. Die Kinder der Familie legen sich leise auf die Lauer. Das ist schlau. Denn heute können sie den Katzenfutterräuber anschauen, obwohl er ja so scheu ist. Es ist ein hungriger Rabe. Die Kinder freuen sich und denken: „Hoffentlich bleibt der räuberische Rabe unserer Familie treu." Das tut er und nach einiger Zeit werden sogar die Katze und der Rabe, der von allen nur „Räuber" genannt wird, Freunde und fressen gemeinsam aus dem Napf.

Kai, der Kapitän

Kai ist Kapitän eines Schiffes. Wenn sein Schiff im Hafen liegt, sitzt Kai gern auf der Kaimauer. Kai hat schon fast die ganze Welt bereist. Natürlich hat er in den Weltmeeren auf seinen Reisen auch viele Haie gesehen, das heißt, natürlich nur die Haiflossen. Kai weiß, dass Haie beißen können, am liebsten ins Bein. In Gedanken versunken sitzt Kai einmal wieder auf der Kaimauer. Da sieht er plötzlich vor sich eine Flosse im Wasser auftauchen. Kais Beine baumeln gerade noch von der Kaimauer herab. Kai schreit: „Oh nein, ein Hai! Er beißt mir vielleicht die Beine entzwei!" Eilig springt Kai auf, alles andere ist ihm einerlei. Kai schreit noch einmal: „Ist das hier ein Hafenbecken oder ein Haifischbecken?" Dann verstummt Kais Schrei. Die Flosse gehört nicht zu einem Hai, sondern zu einem Delfin. Der Delfin sagt freundlich zu Kai: „Es tut mir leid, Kai, ich wollte dich nicht erschrecken, aber leider habe ich es getan!"

Mai

Es ist wieder Mai. Manche Leute fliegen im Mai nach Thailand oder nach Hawaii. Viele fahren aber nicht so weit, sondern reisen lieber nach Bayern. Aber auch zu Hause kann man im Mai viel Freude haben. Man kann zum Beispiel den Garten für den Sommer vorbereiten. Man kann auch reiten gehen. In der Nacht zum 1. Mai gibt es ja auch Maifeuer, Tanz in den Mai und Tanz um den Maibaum. Der 1. Mai ist ein Feiertag mit vielen Maifeiern. An dem Tag haben alle gemeinsam frei und können miteinander ohne Eile in den Mai herein feiern.

Viel Beifall

Eine kleine Laienspielgruppe plant die Auftritte ihres Theaterstücks. Diesmal wünscht sich die Gruppe viel Beifall vom Publikum. Die Schauspieler lassen sich viel einfallen, sie wollen auch vor viel Publikum spielen. Ihr kleiner Theatersaal ist dafür leider zu klein. Es müsste ein anderer Saal gefunden werden, aber es sagt ihnen erstmal nichts zu. Schließlich gefällt ihnen doch etwas, und zwar eine alte, leerstehende Fabrikhalle. Dort spielen sie vor viel Publikum und erhalten viel Beifall. Alle freuen sich sehr. Ihr Theaterspiel hat allen Leuten äußerst gut gefallen.

Das schlaue Schwein

Ein schlaues Hausschwein lebt schon lange zusammen mit einem Bauern auf seinem Bauernhof. Der Bauer würde das Schwein niemals schlachten, denn die beiden sind Freunde. Am Anfang, als das Schwein noch klein war, konnte es noch nicht richtig sprechen, sondern nur „Oink, oink" sagen wie die anderen Schweine. Beim Bauern, der sehr freundlich ist, hat es Deutsch gelernt, denn das Schwein und der Bauer sind beide sehr schlau. Sie verbringen beide viel Zeit zusammen, manchmal draußen und manchmal im Haus. Dabei sitzen sie freundschaftlich zusammen und gönnen sich einen gemeinsamen Schmaus. Viele Dinge teilen sie sich. Das Schwein isst aber auch sehr gerne alles, was der Bauer nicht kauen oder verdauen kann. So muss auch von einer ausgiebigen Mahlzeit nichts aufgehoben werden und kann auch nicht verderben.

Schwerpunkt b, p, bb, pp

Die Raupe und die Libelle

Eine Raupe lebt in einem Busch an einem Bach. Sie labt sich dort an den Blättern. Eine Libelle sieht das und schwebt herbei. Die Raupe ist weiter mit den Blättern beschäftigt. Die Libelle sagt zur Raupe: „Bleib bloß unter den Blättern. Hier gibt es Vögel, die Raupendiebe sind, und auch Libellendiebe. Wenn die Vögel in den Büschen piepen, musst du unter einem großen Blatt bleiben." Die Raupe antwortet: „Danke für den Tipp. Ich will mich bald verpuppen." Die Libelle schwebt immer noch vor der Raupe und lobt sie: „Dich raubt bestimmt niemand. Verpuppe dich und bleib dort, wo du bist. Ich passe auch auf mich auf. Wenn du dann ein Schmetterling bist, schweben und fliegen wir beide zusammen über den Bach. Da können die Vögel so viel mit den Schnäbeln klappern, wie sie wollen."

Maria und der Klebstoff

Maria bastelt für ihr Leben gern. Aber sie bastelt nicht nur, sondern sie repariert auch viele Dinge. Maria braucht immer viel Klebstoff, denn sie klebt gern Papier aneinander und zerfetzte Blätter oder Pappe zusammen, bis alles wieder richtig zusammenklebt. Wenn Maria bastelt, erstellt sie vorher einen Bauplan. Nach diesem Plan klebt Maria die Bauteile zusammen. Sie baut oft Skulpturen aus Papier und Pappe. Maria hat aber auch schon die Borsten eines Besens wieder an den Besen geklebt. Maria klebt so viel, so dass der Kleber auch selbst an Maria selbst und an allem festklebt, sogar an sich selbst. Maria sagt: „Das liegt an den klebrigen Klebstofftuben, die selbst ganz klebrig kleben!"

In der Möbeltischlerei

In der kleinen Möbeltischlerei hat ein neuer Lehrling angefangen. Heute soll er Holz für einen Holztisch hobeln. Aber Hobeln will gelernt sein! Während der Lehrling das erste Mal in seinem Leben hobelt, fällt ihm der Hobel aus der Hand und auf einen seiner Füße. Vor Schmerz hopst der arme Lehrling durch die Möbeltischlerei. Der Meister sieht ihn amüsiert an und sagt: „Du sollst das Hobeln lernen und nicht das Hoppeln!" Der Lehrling hört auf zu hopsen und zu hoppeln und geht wieder zu seinem Hobel.

In der Möbeltischlerei (Fortsetzung)

Der Meister meint: „Ich gehe jetzt eben noch kurz shoppen. Du hobelst das Holzstück inzwischen fertig!" Der Lehrling ist nun alleine in der Möbeltischlerei und hobelt eifrig das Holz. Er hobelt und hobelt. Zwischendurch fällt ihm der Hobel noch einmal auf den anderen Fuß. Eine Weile hoppelt der Lehrling wieder herum, bevor er weiter hobelt. Der Meister kommt vom Shoppen zurück und holt tief Luft. Der ganze Boden liegt voller Hobelspäne. Der Hobel liegt neben einem winzig kleinen Holzstück. Der Meister hat Humor und fragt: „Was ist das? Möbel für Zwerge?"

Die Ampel

Eine Ampel an einer belebten Hauptverkehrsstraße bleibt immer viel zu lange rot. Dann ist sie nur ganz kurz gelb und dann wieder viel zu lange grün. Viele Leute ärgern sich, weil an dieser Ampel nichts richtig klappt. Die Autofahrer müssen länger stoppen und fangen dann an zu hupen. Aber auch die Fußgänger müssen lange warten. Auch bei Kälte müssen sie an der Ampel stehenbleiben und bibbern. Manche von ihnen bekommen dabei auch blaue Lippen. Schön ist es, wenn man sich trotzdem liebt und in den Bäumen neben der Ampel an der belebten Hauptverkehrsstraße wenigstens ab und zu ein Vogel piept. Schön ist es auch, wenn ein hilfsbereiter Mensch hilft, wenn jemand sein Auto schiebt.

Der Ferienjob

Ein älterer Schüler hat einen Ferienjob angenommen. Er geht nicht gerne jobben, aber er möchte so gern shoppen. Auch seine Eltern können ihn nicht stoppen. Da er aber pleite ist, bleibt ihm nichts anderes übrig, als seinen Urlaub für den Ferienjob zu opfern. Am liebsten würde er natürlich Urlaub machen, leider ist die Zeit zu knapp dafür, er stappelt stattdessen jetzt Pakete. Er schwitzt so stark, ihm kleben alle seine Klamotten am Leib. Beim Heben der Pakete bleibt ihm auch oft die Luft weg, beinahe hätte er schon einmal einen Kollaps erlitten. Am liebsten würde er sofort von dem Job wegbleiben, aber dann kann er nicht mehr shoppen. Er fragt seine Eltern: „Könnt ihr mir Geld zum Shoppen geben oder borgen?“ Seine Eltern können über diese Frage nur lachen. Es bleibt ihnen nur eine Antwort: „Du hast dein Taschengeld verbraucht. Trotzdem kannst du doch in den Ferien Urlaub machen. Du hast doch die Möglichkeit, nicht zu shoppen, sondern zu sparen, dann bleibt Dir das Jobben erspart!“

Sepp ist nicht zu stoppen

Sepp ist immer sehr aktiv. Seine Aktivität kann niemand stoppen. Alle fragen sich, woher Sepp die Energie nimmt. Er scheint sich niemals zu verausgaben. Alles bereitet ihm auch noch Spaß. Sepp jobbt fast täglich in mehreren Jobs. Schon morgens sieht man ihn zur Arbeit joggen und abends kommt er wieder joggend zurück. Nichts scheint bei Sepp zu floppen. Zwischendurch geht Sepp auch noch shoppen. Seine Pullover haben auch nur selten Noppen. Sepp moppt oft mit dem Mopp durch seine Wohnung. Sepp würde jedoch nie einen anderen Menschen mobben. Auch, wenn Sepp anderen hilft, ist er nicht zu stoppen. Selbst wenn er im Winter Schnee für die Nachbarn schippt, bibbert er selbst in der schlimmsten Kälte nicht. Auf Sepp können sich alle immer verlassen. Einmal ist Sepp sogar auf einen hohen Baum geklettert, um eine Katze zu retten. Jetzt wohnt die Katze bei Sepp und liegt gerne auf seinem Bett. Der Sepp ist wirklich nett. Er ist einfach nicht zu toppen.

Schwerpunkt d, t, dt, tt, th

Einkaufsleid

Peggy war heute zusammen mit ihrer Mutter eine lange Zeit unterwegs, um neue Kleidung für die beiden zu kaufen. Als sie die neuen Kleider zu Hause noch einmal anprobieren, kommt Peggys Papa nach Hause und fragt: „Oh, ihr seid schon wieder zu Hause? Seit wann seid ihr denn schon da?" Er sieht Peggy in ihrem neuen Kleid und die Mama mit ihrem neuen Hut. In den Gesichtern der beiden spiegelt sich großes Leid. Der Papa fragt: „Wieso seht ihr so leidend aus?" Peggy antwortet: „Mein neues Kleid ist viel zu weit und zu breit!" Peggys Mama sagt: „Mein neuer Hut ist nicht nur zu breit, sondern auch zu bunt und zu rund!" Papa lacht und meint: „Hauptsache, ihr seid gesund!"

Rico fährt gern Fahrrad

Rico fährt gern mit seinem Fahrrad. Er fährt so gut Rad, dass andere ihn oft um Rat fragen. Rico gibt gern Ratschläge. Rico fährt mit seinem Fahrrad oft durch die Stadt und über Land. Er hat immer einen guten Rat zur Hand. Nicht alle von Ricos Freunden können so gut Rad fahren wie er. Manchmal hilft da nicht einmal Ricos Rat. Die Freunde fangen an, Rad zu schlagen oder zu klettern. Manche bleiben auch lieber im Bett. Das frustriert Rico. Warum haben seine Freunde Probleme mit ihrem Rad und seinem Rat?

Der Panther und der Leopard

Der Panther und der Leopard sind seit langer Zeit unzertrennliche Freunde. Sie sind die ganze Zeit zusammen. Der Panther sagt zum Leoparden: „Theoretisch und eigentlich auch praktisch bin ich ja ein Leopard. Ich bin nur eben ein ganz schwarzer Leopard." Der Leopard antwortet dem Panther: „Ja, und ich bin ja theoretisch und praktisch auch ein Panther, aber eben ein gefleckter Panther. Also sind wir gleich?" „Ja," meint der Panther zum Leoparden, „das sind wir." Aber was wollen wir nun heute zusammen unternehmen? Wollen wir vielleicht auf unseren Tatzen tanzen? Oder wollen wir endlich mal trampeln wie die Elefanten?" Der Leopard und der Panther denken einen Moment nach. Sie tanzen auf ihren Tatzen und trampeln dabei wie die Elefanten. Das geht nicht nur theoretisch, sondern auch praktisch.

Mit dem Rad durch die Stadt

Daniel fährt oft mit dem Auto durch die Stadt. In den meisten Teilen der Stadt gibt es ein Tempolimit und meistens ist auch noch alles zugeparkt. Das hindert Daniel an der zügigen Weiterfahrt, daher kommt Daniel oft zu spät zur Arbeit oder zu seinen Freizeitaktivitäten. Besonders blöd ist das, wenn Daniel sich mit seinen Freunden zum Gemeinschaftssport verabredet hat. Im Winter scheint sogar zum Teil schon der Mond, wenn Daniel endlich irgendwo ankommt. Der Abend mit den Freunden findet ohne Daniel statt, das haben Daniel und seine Freunde satt. Etwas muss sich bald ändern, sonst verpasst Daniel alle tollen Dinge, die er vorhat. Daniel ärgert sich darüber.

Mit dem Rad durch die Stadt (Fortsetzung)

Ein Freund sagt eines Tages freundlich zu Daniel: „Warum fährst du nicht mit dem Rad durch die Stadt? Das ist doch ein toller Rat. Du kommst überall leichter durch und bist rechtzeitig da, wenn wir etwas Tolles geplant haben. Tritt doch mal in die Pedale. Das ist auch gesund!" Daniel antwortet: „Du hast recht, das stimmt. Dann komme ich auch rechtzeitig aus dem Bett, weil ich voller Vorfreude auf das Radfahren bin. Lass uns Freunde doch auch mal alle zusammen durch Stadt und Land fahren, wenn das Wetter gut ist. Es liegt doch auf der Hand. Dann sind wir bald alle ganz gesund und munter. Lass uns das doch bald mal testen!" Der Freund ist einverstanden und nickt freudig. Er sagt: „Daniel, das ist wirklich eine tolle Idee!" Daniel meint: „Ja, und wenn wir dann mit unseren Rädern durch den dichten Wald fahren, sind wir auch gut vor Wind und Wetter geschützt. Das geht fast zu jeder Jahreszeit. Hoffentlich ist es bald endlich so weit!"

Schwerpunkt f, v, pf

Vogelfütterung

Lars füttert im Winter bei Frost und Schnee gerne die Vögel. Das ist wichtig, weil die Vögel bei Frost kein Futter finden. Zur Fütterung der Vögel hat Jan ein großes Vogelhaus gebaut, in dem alle Vögel Futter und Platz finden. Wenn Jan das Vogelfutter in das Futterhaus streut und die Meisenknödel am Vogelhaus befestigt, warten die Vögel schon. Einige von ihnen sitzen auf dem Futterhaus, andere warten auf der Gartenpforte. Viele Vögel flattern und fliegen auch herum. Wenn Jan wegsieht, flitzen die Vögel voller Freude zum Vogelfutterhaus.

Viktor pfeift gern

Viktor pfeift gern vor sich hin. Dabei findet er sich ziemlich pfiffig. Nicht alle mögen es, wenn Viktor pfeift, denn die Lieder, die er pfeift, hören sich ganz schief an. Also geht Viktor zum Pfeifen lieber in den Wald. Im Wald pfeifen ja auch verschiedene Vögel. Die Vögel fliegen dann pfeifend um den pfeifenden Viktor herum, als würden sie ihn verstehen. Eines Tages, als Viktor im Wald wieder eines seiner selbstkomponierten Lieder pfeift, setzt sich ein kleiner Vogel auf seine Schulter und fragt: „Hallo, bist du auch ein Vogel? Du pfeifst hier immer so schöne Lieder!“ Der Vogel schaut Viktor verständnisvoll an. Viktor hört einen Moment mit dem Pfeifen auf und lacht: „Ja, du hast recht, kleiner Vogel! Vielleicht bin ich ja auch ein Vogel!“. Fröhlich pfeifend gehen Viktor und der Vogel weiter durch den Wald.

Vera läuft gerne

Vera läuft gerne auf fast allen ihren Wegen, besonders durch den Wald und die Wildnis. Sie nimmt gar nicht wahr, dass sie, wenn sie wie wild läuft, auch wie wild dabei atmet. Dann hyperventiliert Vera leider oft. Manchmal bekommt Vera auch Wadenkrämpfe und Muskelverspannungen. Veras Vater sagt zu Vera: „Warum läufst du so wild auf allen Wegen? Wage es doch einfach mal, deine Wege langsamer zu gehen. Dann kannst du auch viel mehr vom Wald, von der Wildnis und von den Wegesrändern wahrnehmen. Dort wachsen nämlich viele verschiedene Pflanzen wie Veilchen, Vergissmeinnicht und Wegerich!“

Fliegende Fische

Zwei Fische sind miteinander befreundet und schwimmen schon lange zusammen in einem Fluss. Der eine Fisch fragt den anderen: „Hast du auch davon gehört, dass es fliegende Fische gibt?" Der zweite Fisch antwortet seinem Freund: „Vermutlich gibt es das. Aber wir Fische hier können nicht fliegen. Vielleicht können wir springen, aber wozu?" Der erste Fisch meint: „Vielleicht sollten wir das vergessen. Das ist ja auch gefährlich. Fliegen ist noch gefährlicher. Fliegen können nur Vögel und Flugzeuge!" Der zweite Fisch fragt: „Wieso fliegen nur Vögel und Flugzeuge? Die fliegenden Fische fliegen doch auch. Es fliegen aber auch die Fliegen und die Pfeile!"

Fliegende Fische (Fortsetzung)

Der erste Fisch versucht, nicht zu lachen: „Was haben Fliegen und Pfeile miteinander zu tun? Dann könntest du ja auch Vergissmeinnicht und Pflaumen miteinander vergleichen!" Der zweite Fisch pfeift eine Weile stillvergnügt vor sich hin. Dann verrät er geheimnisvoll: „Gut, Vergissmeinnicht können nicht fliegen, aber Pflaumen können sehr wohl fliegen!" Der erste Fisch fragt verzweifelt: „Wieso können Pflaumen fliegen? Das sind doch keine Vögel und keine Fliegen!" Der zweite Fisch versucht, ernst zu bleiben, und verbessert den ersten Fisch: „Doch, mein Freund, Pflaumen können fliegen. Wenn sie reif oder faul sind, fliegen sie vom Baum!"

Pflügen oder nicht pflügen

Ein Bauer hat seinen Acker ewig nicht gepflügt. Inzwischen wachsen auf dem Acker viele Wildpflanzen, von denen einige dem Bauern vollkommen unbekannt vorkommen. Es sind wirklich viele verschiedene Pflanzen, die auch noch köstlich duften und bunte Falter anlocken. Auch Bienen, Hummeln und andere Insekten fliegen zwischen den Pflanzen hin und her, um den Nektar der Blüten zu vernaschen. Als der Bauer verzückt vor dem ehemaligen Acker steht, der zur Wiese geworden ist, setzt sich ein Pfauenauge auf seinen Zeigefinger. Ein Pfauenauge ist ein wunderschöner Falter. Vögel zwitschern in der Nähe. Ein leichter Sommerwind pfeift durch die Pflanzen. An den vielen Farben der Wiese kann der Bauer sich einfach nicht genug sattsehen. Es ist wundervoll.

Pflügen oder nicht pflügen (Fortsetzung)

Das Pfauenauge flattert ein wenig vor dem Bauern hin und her. Dann setzt es sich wieder vertrauensvoll auf seinen Finger und sagt zu dem Bauern: „Danke, dass du jahrelang so faul warst und deinen Acker nicht gepflügt hast. Nun kann ich hier mit meinen Freunden fröhlich von Pflanze zu Pflanze fliegen und mich auch vor den gefräßigen Vögeln verstecken, die mich gerne fressen würden. Hier findet jeder Falter ein Versteck." Bevor der Bauer antworten kann, fliegt das Pfauenauge zurück zu den anderen Faltern im Pflanzenversteck. Glücklich vor sich hin pfeifend geht der Bauer zum Bauernhof zurück und fertigt ein Schild an. Das Schild stellt er vor der Wiese mit den Pflanzen und den Faltern auf. Auf dem Schild steht geschrieben: „Betreten verboten. Hier wohnen Pfauenauge und seine Freunde!"

Schwerpunkt g, k, ck

Klara und Klaas

Klara und Klaas gehen zusammen in eine Klasse. Zum Glück ist es eine kleine Klasse. Die beiden sind klug, aber Klara und Klaas klagen oft über die Klassenarbeiten, denn dafür müssen sie viel ackern und rackern. Am liebsten haben Klaas und Klara den Musikunterricht, denn sie haben klangvolle Stimmen. Wenn Klara und Klaas den Klang der Schulklingel hören, freuen sie sich immer sehr, denn dann können sie in die Pause oder nach Hause gehen. In den Pausen kauen Klara und Klaas Käsebrote. In der Nähe lauern dann die Schulhofkrähen, die gern Käsebrote klauen.

Wo sind die Socken?

Kakadu und Ziegenbock machen diesen Sommer Urlaub in einem Komforthotel an der Küste. Kakadu packt die Koffer. Er hat schon alles eingepackt, auch die Jacken. Nur die Socken fehlen noch. Aber wo sind die Socken? Hängen sie noch auf der Leine und sind nicht trocken? Kakadu guckt nach. Nein, da sind die Socken nicht. Kakadu guckt auch unter den Kleiderschrank, unter das Klavier und in alle Kisten. Nirgendwo sind die Socken. Aus der Küche kommen Geräusche. Kakadu fliegt in die Küche. Dort kramt Ziegenbock herum und packt Kuchen und Kekse ein, der Ziegenbock hat gebacken. Er ist ein guter Bäcker und sein Gebäck ist wirklich lecker. Nun ist das Gebäck im Gepäck. Da sind ja auch die trockenen Socken. Ziegenbock hat den Kuchen und die Kekse in die Socken gepackt, denn warm und frisch schmeckt das Gebäck am besten. Kakadu findet das auch cool und gar nicht komisch. Ziegenbock ist eben klug.

Mama ist krank

Es ist Sonntag. Eigentlich wollte die Familie einen schönen Ausflug machen. Aber nun ist Mama leider krank geworden. Sie hat eine starke Erkältung mit Husten und Schnupfen. Zum Glück hat Mama kein Fieber. Sie braucht ein Erkältungsmedikament. Papa holt ihr dieses aus der Notapotheke. Ein paar andere Medikamente sind auch noch zu Hause in der Hausapotheke. Mama liegt zugedeckt auf dem Sofa und schluckt tapfer die Medikamente. Sie sagt zu ihrer Familie: „Geht ihr doch wenigstens nach draußen und macht etwas Schönes aus dem Sonntag. Es ging mir zwar schon mal besser, aber ich fühle mich jetzt schon gar nicht mehr so krank. Ihr könnt ja in den Park gehen und Fußball spielen. Ich komme dann später nach und setze mich zu euch auf die Bank. Da kann ich etwas Sonne tanken. Das ist gut gegen die Erkältung und dann bin ich auch bald wieder gesund!"

Im Supermarkt

Tina ist mit ihrem Papa zum Einkaufen in den Supermarkt gegangen. Die beiden müssen nur ein paar Kleinigkeiten kaufen. Die Verkäufer im Supermarkt haben aber mal wieder alle Artikel in andere Regale geräumt. Tina und ihr Papa müssen lange suchen, um die Kekse zu finden. Auch die Schokolade liegt woanders. Zum Glück haben die beiden auch bald den Joghurt gefunden. Dann kommt der Schock. Ihr Lieblingsgetränk ist ausverkauft. Damit ihre Kehlen nicht trocken bleiben, kaufen die beiden ein anderes Getränk, von dem sie nicht wissen, ob es schmeckt. Wenig entzückt, aber der Situation gewachsen, bringen Tina und ihr Papa ihren merkwürdigen Einkauf nach Hause. Mama sagt: „Das habt ihr gut gemacht. Alles hat auch einen coolen Geschmack!"

Der alte Schrank

Jan fährt abends nach der Arbeit eine alte schmale Straße entlang. Aber was ist das? Am Straßenrand steht ein alter Schrank. Jan hält sein Auto an. Vor ein paar Jahren hat Jan auch schon einmal einen Schrank am Straßenrand gefunden. In dem Schrank waren allerdings nur Ameisen und Marmelade. Aber was mag nun in diesem Schrank sein? Jan denkt: „Das kann man nie vorher ahnen. Es kann ja alles passieren!" Aber Jan interessiert sich nun einmal für alte Schränke und deren Inhalt. Er wartet immer noch darauf, einen Schatz zu finden. Vorsichtig macht Jan die Schranktüren auf und guckt hinein. Der Schrank ist tatsächlich voller alter Anziehsachen. Ein Holzkasten steht auf dem Boden des Schranks. Ein paar der Anziehsachen scheinen noch tragbar zu sein. Es sind auch ein Anzug und eine Jacke dabei. Aber was ist in dem Holzkasten?

Der alte Schrank (Fortsetzung)

Jan hat etwas Angst, aber er atmet tief durch und öffnet den Kasten. Er hat die Vorahnung, es könnte ein Schatz darin sein. Vielleicht klappt es ja diesmal damit. Tatsächlich liegt in dem Holzkasten eine alte teure Armbanduhr. Ein Blatt Papier liegt auch dabei. Darauf steht eine

Nachricht: „Vielleicht kannst du ein paar der Sachen gebrauchen. Bitte nimm den alten Schrank mit zu dir nach Hause, wenn du kannst. Trag die Armbanduhr den ganzen Tag bei deiner Arbeit. Du wirst viel Zeit für alles haben, was du planst. Ich habe nach langen Jahren endlich Feierabend und bin in Spanien." Jan muss lachen. Eine Armbanduhr, mit der man wirklich so viel Zeit hat, wie man braucht? Das ist wirklich ein richtiger Schatz! Jan ruft einen Freund an. Zusammen transportieren sie den alten Schrank mit allen Sachen zu Jan nach Hause. Jan trägt dabei schon die Armbanduhr. Alles klappt wie geplant. Jan hat wirklich einen großartigen Schatz am Arm.

Schwerpunkt f, ff, l, ll, m, mm, n, nn, r, rr, t, tt

Das Knarren im Haus

In einem alten Haus knarrt es häufig. Manchmal ist das Knarren nachts so laut, dass die Hausbewohner aus ihren Träumen fahren. Vielleicht ist es ja die alte Schubkarre, die knarrt. Aber wer bewegt die knarrende Schubkarre des Nachts? Auf den Spuren des lästigen Knarrens hört man auch oft ein Kratzen und Scharren. Wer ist das? Es waren auch schon Spuren im Garten. Einer der Hausbewohner wartet nachts nun auf das Knarren und Scharren. Wer verursacht diese Geräusche? Sind es vielleicht Scharen von Ratten? Eines Nachts sieht der Bewohner dann in die Augen eines Tieres. Aber es ist keine große Ratte, sondern nur ein harmloser Marder.

Die Kammer des Kameramannes

Ein Kameramann bewahrt seine Sachen in einer alten Kammer auf. Manchmal kramt der Kameramann in der Kammer und weiß nicht, woher die Sachen stammen. In der Kammer schlummern eine Kamera, ein Hammer, ein Stoffkamel, ein Schokoladenosterhase, eine alte Jacke, eine Gießkanne, ein Radio, ein Halskettenanhänger, ein Armband und andere Andenken an frühere Anlässe. Der Kameramann kramt sehr langsam in der Kammer, ihm macht das Kramen in den alten Andenken Spaß.

Alte Bekannte

Zwei alte Bekannte rennen sich auf einem nebligen Weg fast um und erkennen sich im Nebel nicht gleich. Der eine Bekannte fragt den anderen Bekannten: „Mensch, warum rennst du so? Du kommst mir bekannt vor!" Der andere Bekannte antwortet: „Ich musste diesen Weg nehmen. Ich will heute noch nach Bremen! Ich glaube, dich auch zu kennen. Ich erinnere mich aber nicht an deinen Namen!" Die beiden alten Bekannten stehen nun zusammen im Nebel und denken nach. Sie erinnern sich, sie waren schon als Kinder gemeinsam auf der Suche nach Spinnen.

Wie viele können kommen?

Cornelia will ihre Geburtstagsparty feiern. Sie ist gespannt, wie viele Gäste zu ihr kommen können. Von ihr aus können gerne alle Freunde kommen, die sie kennt. Hoffentlich können auch alle in ihrer Wohnung Platz finden. Einige Freunde kommen dann ja auch für zwei Tage, weil sie aus anderen Orten stammen. Das muss Cornelia nun alles gut planen. Eine Freundin von Cornelia will am nächsten Tag bestimmt auch in ihrer Badewanne baden. Gut, dass Cornelia ein schönes Badezimmer hat. Eine andere Freundin trinkt immer eine ganze Kanne Kaffee. Ein Freund liebt Pfannkuchen. Cornelia kennt ihre Freunde so gut und kann alles schon vorbereiten. Zum Glück konnte Cornelia auch alle Freunde einladen. Alle, die sie gut kennt, wollen kommen. Es ist Sommer, alle wollen noch schwimmen gehen und sich zusammen sonnen.

Die Tannen

Im Wald und am Waldrand wachsen viele grüne Tannen. In den Tannen wohnen viele Tiere, die sich hinter den Tannen oder in den Tannenzweigen tarnen können. In einer der Tannen wohnt eine Eichhörnchenfamilie. Die Eichhörnchen naschen gerne die Samen aus den Tannenzapfen. In anderen Tannen bauen die kleinen Tannenmeisen ihre Nester. Auch sie finden genug Nahrung in den Tannenzweigen. Nette Kaninchen rennen gerne in der Nähe der Tannen auf dem Rasen herum. Unter den Tannen wohnen noch andere Tiere. Kennst du diese Tiere? Kannst du ihre Namen nennen? Die Tannen würden dir die Namen der Waldtiere nennen, aber leider können Tannen nicht sprechen.

Die beiden Kamele

Zwei Kamele durchkämmen zusammen die Wüste nach Wasser. Sie kommen schon von weit her und haben großen Durst. Mittlerweile geht es für sie nur noch langsam voran. Ein Kamel ist noch langsamer als das andere. Nun wird das zweite Kamel allmählich auch immer langsamer. Das Kamel, das zuerst so langsam war, fragt: „Sag mal, ahmst du mich jetzt etwa nach oder bist du jetzt auch so langsam?" Das zweite Kamel antwortet empört: „Ich ahme dich doch nicht nach! Ich komme auch nicht mehr voran. Wir sind wirklich zwei arme Kamele!" Plötzlich halten die beiden Kamele unvermittelt an. Das eine Kamel fragt das andere: „Sag mal, riechst du das auch?" Das andere Kamel antwortet erleichtert: „Ja, das ist Wasser! Dahinten muss eine Oase sein, daher muss der Geruch des Wassers stammen!" Langsam kommen die beiden Kamele nun der Oase näher und können sich dort endlich am Wasser laben.

Schwerpunkt s, ss, ß, das, dass

Klaas und der Fußball

Klaas ist ein begeisterter Fußballspieler. Er spielt in einem Fußballverein und schießt viele Tore. Seine Torschüsse sind für den gegnerischen Torwart kaum zu halten. Besonders beim Elfmeterschießen ist Klaas ein gefürchteter Torschütze. Wenn Klaas zum Schießen Maß nimmt, weiß jeder, dass der Ball nicht zu fassen ist. Klaas kann wirklich gut schießen, das muss man ihm lassen. Ihm bereitet das Fußballspielen großen Spaß. Nach dem Schießen bekommt Klaas immer Küsse. Er liebt diese Küsse. Ein Kuss würde ihm auch reichen, aber es können auch viele sein. Denn Klaas Lieblingsküsse sind Küsse zum Naschen. Es sind nämlich die leckeren Schaumküsse mit Schokoladenüberzug.

Massimo geht gern barfuß

Massimo geht gerne zu Fuß. Am liebsten geht er barfuß. Massimo weiß, dass das gefährlich ist, wenn zersplittertes Glas auf dem Weg liegt. Daher geht Massimo meistens barfuß auf dem Rasen. Das weiche Gras ist schön für seine Füße. Wenn das Gras nass ist, macht das Barfußgehen darauf noch mehr Spaß. Dazu gießt Massimo mit der Gießkanne den Rasen extra nass. Massimo findet, dass das eine klasse Idee ist. Der Rasen braucht ja auch das Wasser, und so kann das schöne Gras besser wachsen.

Die Schulklasse

Sven und Sarah gehen in eine Schulklasse. Ihren Schulweg gehen sie zusammen zu Fuß. Wenn Sarah von zu Hause losgeht, bekommt sie zum Abschied von ihrer Mama einen Kuss. Sven mag keine Küsse. Er zieht sich so lange lieber die Schuhe an seine Füße. Auf dem Schulweg grüßen Sarah und Sven viele Menschen. In ihrer Schulklasse sitzen Sven und Sarah zusammen. Wenn ihr Klassenlehrer morgens in den Klassenraum kommt, begrüßt er die Klasse.

Süßigkeiten

Fast alle Menschen naschen gerne Süßigkeiten. Es gibt sogar gesunde Süßigkeiten. Aber auch Süßigkeiten, die gesund sind, sollte man nicht massenhaft vernaschen. Süßigkeiten sollte man lieber in Maßen genießen und nicht in Massen. Dann schmeckt es auch viel besser und man hat auch noch Appetit auf anderes Essen. Massenhaft Menschen haben Heißhunger auf Süßes. Statt zu vielen Süßigkeiten kann man aber auch gesundes Obst essen.

Wasser ist nass

Eine Mäusefamilie geht in der Sonne ganz gelassen spazieren. Plötzlich fängt es an zu regnen. Alles wird nass, auch die Mäusefamilie ist von den Ohren bis zu den Füßen klitschnass. Das können die armen Mäuse nun ganz und gar nicht begrüßen. Alle sind pudelnass. Auf dem Weg sind große Wasserpfützen. Die Mäuse müssen eigentlich fast schwimmen, weil das Wasser der Pfützen sehr tief ist, um zum Mauseloch zurückzukommen. Ein Mäusekind sagt ängstlich: „Wir können doch gar nicht schwimmen und wir sind ja auch so schon so nass!" Eine Ratte huscht durch eine Pfütze an den Mäusen vorbei und ruft lachend: „Wasser ist nun mal nass!" Ratten mögen Wasser, aber Mäuse sind nun mal nicht so gerne nass.

Wasser ist nass (Fortsetzung)

Der Mäusepapa sagt besorgt: „Es muss doch mal aufhören zu regnen. So lange müssen wir leider in der Nässe bleiben. Gut, dass es so ein heißer Sommer ist, da ist es nicht so schlimm, wenn unser Fell eine Weile nass ist." Der Mäusepapa hat recht. Es hört bald auf zu regnen. Niemand schüttet mehr Wasser aus dem Himmel auf die arme nasse Mäusefamilie. Nun scheint die Sonne wieder heiß auf die nassen Mäuse herab. Die Mäusefamilie geht gelassen von außen um die großen Pfützen herum nach Hause zu ihrem Mauseloch. In der Sonne ist das Fell der Mäuse schon getrocknet.

Urlaub zu Fuß

Sam und Sören sind seit einem Semester Studenten an einer großen Universität. Seit dem Studium haben sie nicht so viel Geld, dass sie in den Urlaub fahren könnten. Aber nun sind Semesterferien. Sam und Sören wollen nicht in der Stadt bleiben, sondern haben die Idee, zu Fuß mit ihren Rucksäcken zu wandern. Sie haben kein besonderes Ziel. Sie wollen nur einfach aus der großen Stadt hinaus, so weit ihre Füße sie tragen. Vielleicht kommen sie an einen schönen Fluss, an einen Strand am Meer oder aber an den Fuß eines großen Berges. Die beiden Studenten gehen mit ihren großen Rucksäcken los. Das Wetter ist schön und die Sonne scheint die beiden Freunde zu küssen und zu begrüßen. Als die Studenten schon ein paar Stunden zu Fuß gegangen sind, müssen sie schnell mal eine kurze Pause einlegen, denn ihre Füße scheinen zu glühen. Zum Glück sind sie gerade an das Ufer eines sauberen Flusses gelangt.

Urlaub zu Fuß (Fortsetzung)

Sam und Sören ziehen sich schnell ihre Wanderschuhe aus, und natürlich auch ihre Socken. Dann kühlen sie ihre zerschundenen Füße im Fluss. Aus ihren Rucksäcken holen sie zur Stärkung Süßigkeiten, Saft und Wasser. Sam und Sören genießen ihre kleine Zwischenmahlzeit und ihre Füße genießen das kühlende Wasser des Flusses. Es ist spät geworden und die Sonne verzieht sich schon am Horizont. Sam und Sören beschließen, über Nacht hier am Fluss zu bleiben, und schlagen ihr Zelt auf. Genüsslich verzehren die beiden Studenten nun noch kalte Pizza. Dann legen sie sich in ihren Schlafsäcken schlafen. Schon am nächsten Tag wollen Sam und Sören weiter durch das Land ziehen, soweit ihre Füße sie tragen. Sie sind sich sicher, dass die Sonne sie am Morgen wieder begrüßen und küssen wird.

Fußball

Jim und John wollen das Fußballspielen besser lernen. Das ist in dieser Stadt schwierig, weil das Spielen mit Fußbällen überall verboten ist. Das regt Jim und John auf. Es geht doch nicht, dass man hier nicht Fußball üben kann. Jim und John wissen, dass das nur auf dem Sportplatz geht. Schlimm ist aber, dass der Sportplatz meistens abgeschlossen ist. Jim und John ärgern sich so sehr darüber, dass sie sich schon bei der Stadtverwaltung darüber beschwert haben, dass das Fußballspielen in der Stadt nicht erlaubt ist. Es ergibt doch auch keinen Sinn, dass man nicht mal auf den Plätzen spielen darf, wo das niemanden stört.

Fußball (Fortsetzung)

Die Beschwerde von Jim und John erstaunt die Stadtverwaltung. Die Stadtverwaltung hat angeblich nicht gewusst, dass das Fußballspielen für das ganze Stadtgebiet verboten ist. Das muss eine Regelung aus einer früheren Zeit sein. Auch die Stadtverwaltung findet, dass das nicht mehr zeitgemäß ist. Sofort veranlasst die Stadtverwaltung, dass die Verbotsschilder an einigen Plätzen abgebaut werden. Jim und John freuen sich, dass sie mit ihrer Beschwerde Erfolg hatten und dass sie nun auf einigen Plätzen das Fußballspielen trainieren können. Jim und John werden in Zukunft mehr Tore schießen, als das in der Vergangenheit der Fall war.

Käse

Petra will Käse kaufen. Sie hat plötzlich Appetit darauf bekommen. Gut ist, dass der Supermarkt in ihrer Nähe noch geöffnet ist und über eine große Käsetheke verfügt. Für den Weg zum Supermarkt nimmt Petra das Fahrrad, weil das schneller geht als zu Fuß. Vor dem Supermarkt schließt Petra ihr Fahrrad ab. Es ist wirklich gut, dass das Rad von Petra ein Schloss zum Abschließen hat. Das ist wichtig, denn das verhindert, dass das Fahrrad gestohlen wird. Im Supermarkt geht Petra zur Käsetheke. Sie findet, dass da eine gute Käseauswahl ist. Ein neuer Käse fällt ihr auf. Petra sagt: „Ich hätte gern das Stück Käse da. Stimmt das, dass das wirklich Käse ist?" Die Verkäuferin nickt und sagt: „Das ist doch klar, dass das Käse ist. Das ist hier ja die Käsetheke. Möchten Sie nun das Stück Käse? Sie müssen ja nicht das ganze Stück nehmen, wenn Sie das nicht wollen."

Käse (Fortsetzung)

Petra entscheidet sich dafür, dass sie nicht das ganze Stück von dem unbekannten Käse kauft. Das ist ihr zu unsicher. Eigentlich findet Petra, dass das ganze Käseangebot gut ist, aber bei dem neuen Käse kann man das ja nicht wissen, wie er schmeckt. Das ist eine Geschmackssache, das weiß Petra. Sie bezahlt das Käsestück, das sie haben will. Sie nimmt nur das halbe Stück, das reicht ihr. Dann geht sie aus dem Supermarkt, das Käsestück sorgfältig in einen Stoffbeutel verpackt. Gut, dass das Fahrrad draußen noch abgeschlossen steht und nicht geklaut wurde. Petra schließt das Schloß des Fahrrades auf und hängt das Käsestück in dem Beutel an den Lenker. Petra wohnt in der Nähe. Zu Hause packt sie das Käsestück aus und isst es mit Brot. Petra findet, dass der neue Käse sehr gut schmeckt. Das ist wirklich ganz Petras Geschmack.

Schwerpunkt sp, st, sch

Der steinige Weg

Janina hat einen steinigen Weg zur Schule. Der Weg ist eigentlich ein schöner Sandweg, auf dem Janina und ihre Freundin früher gern gespielt haben. Doch mit der Zeit bekam der Sandweg immer stärkere Schäden. Die Stadtverwaltung hat ihn ausbessern lassen, doch leider nicht mit Sand. Die Schlaglöcher wurden mit Schotter und kleinen spitzen Steinen aufgefüllt. Nun kann Janina auf ihrem Schulweg nicht mehr schnell laufen, sondern muss aufpassen, dass sie nicht stolpert. Außerdem liegen Glassplitter und zerschlagene Flaschen herum und bei Regen bilden sich große Schlammpfützen. Janinas Schulweg ist nicht nur steinig, stolprig und schlammig, sondern auch wirklich gefährlich.

Jan und der Sport

Wenn Jan in der Schule Sportunterricht hatte, kommt er ständig schlechtgelaunt nach Hause. Heute ist es wieder so. Während Jan eine Steinofenpizza isst, beschwert er sich schmatzend: „Ich musste auf einem Schwebebalken stehen. Ich kann doch nicht schweben. Dann musste ich auch noch von einem Stufenbarren springen. Dann sollten wir diese schlangenartigen Kletterseile hochsteigen. Dabei scheuere ich mir doch ständig die Beine auf. Dann sind wir mit Springseilen durch die Sporthalle gesprungen. Das hat wenigstens Spaß gebracht. Zum Schluss haben wir dann Bockspringen gemacht. Dabei bin ich über das Sprungbrett gestolpert und habe mich gestoßen! Ständig passiert mir etwas Schlimmes bei diesem Schulsport. Ich streike!"

Die beiden Baumschlangen

Zwei schlaue Baumschlangen leben schon lange zusammen im Dschungel. Sie schlängeln sich gerne um die Äste der Bäume und spielen miteinander Verstecken im grünen Laub der mächtigen alten Tropenbäume. Das macht ihnen großen Spaß. Oft sind sie auch auf der Suche nach einer sättigenden Schlangenspeise. Wenn die beiden schlauen Schlangen satt sind, lassen sie sich schläfrig und träge von den schlanken Ästen der Bäume hängen und baumeln dabei lustig in der Dschungelatmosphäre. Beim Baumeln von den Bäumen verschlingen sich manchmal ihre schlanken Schlangenleiber miteinander. Das macht aber nichts, denn die beiden Schlangen sind schlau genug, um ihre Verknotung wieder zu lösen.

Etwas steht immer im Weg

Mark muss viel arbeiten und hat zu Hause nicht viel Lust zum Aufräumen. Viele Dinge stehen und liegen einfach in seiner Wohnung herum. Auf der Spüle steht der Abwasch. Auch mitten im Weg steht etwas herum. Ständig stolpert Mark über irgendeinen Gegenstand. Ständig fällt irgendetwas um oder herunter. Neulich hat Mark sich ganz heftig an einem Wäscheständer gestoßen, weil er über einen Zeitungsstapel gestolpert ist, der mitten im Weg lag. Dabei hat Mark versucht, sich an dem Geschirrstapel festzuhalten, der ja ständig auf der Spüle steht. Nun steht das Geschirr nicht mehr auf der Spüle, sondern liegt zersplittert unter dem Wäscheständer. Mark schimpft: „So geht das doch nicht ständig weiter!" Es steht für ihn fest, dass er endlich aufräumen und die Sachen verstecken und verstauen muss.

Der Igel und die spitzen Steine

Der Igel geht abends in der Dämmerung und auch, wenn es dunkel ist, gerne spazieren. Der Igel hat zwar spitze Stacheln, aber durchaus empfindliche Füße. Er spaziert am liebsten über weichen Sand und Rasen. Auf seinem Spazierweg muss der Igel aber leider auch ein Stück über einen Weg mit sehr spitzen Steinen gehen. Das pikt den armen Igel in die Füße und er stolpert sogar über die Steine. Dann schimpft der Igel vor sich hin: „Ich weiß, dass meine Stacheln auch piken, aber es muss ja schließlich auch niemand auf mir herumlaufen. Das wäre ja auch schlecht für mich. Aber warum müssen hier mitten auf meinem Spazierweg so spitze, stechende Steine liegen? Die piken doch auch die armen Spaziergänger und lassen sie stolpern!"

Das verflixte Spielzeug

Gino hat sehr viel Spielzeug. Das meiste Spielzeug befindet sich in Ginos vielen Spielzeugkisten. Aber weil Gino viel zu viele Spielsachen hat, findet er nie, was er gerade sucht. Deswegen wühlt Gino immer verzweifelt in allen Spielzeugkisten und verteilt das Spielzeug dabei überall in seinem Kinderzimmer. Dann liegen da die Spielzeugtiere und die Bausteine durcheinander. Gino schimpft mit seinem Spielzeug: „Ihr verflixten vielen Spielsachen! Warum seid ihr so durcheinander? Jetzt habe ich gar keine Zeit mehr, um mit euch zu spielen!" Wenig begeistert räumt Gino alle Spielsachen wieder in die Spielzeugkisten zurück. Bei so viel Spielzeug muss man ja den Überblick verlieren.

Schwerpunkt z, tz, tzt, s, ts

Matze und seine Katze

Matze hat eine Katze. Matze hat auch Stelzen aus Holz. Matzes Katze kratzt gern an den Stelzen, die viele Kratzer haben. Matze geht gern auf seinen Stelzen und tanzt auch darauf. Seine Katze ahmt ihn nach. Sie stolziert und tanzt seltsam neben ihm her. Dabei sieht die Katze fast aus wie eine Bachstelze. Die Spatzen in den Bäumen schwatzen und klatschen dazu. Aufgrund der vielen Kratzer an Matzes Stelzen, muss die Katze Matze beim Stolzieren oft stützen, damit er beim Tanzen auf seinen Stelzen nicht stürzt. Wenn Matze die Stelzen nach dem Stolzieren abstellt, stützt er sie sturzsicher an eine Wand.

Die Gänseschar

Eine Schar Gänse ist auf dem Vogelzug gen Süden, denn Gänse sind Zugvögel. Plötzlich kommt ein Flugzeug auf sie zu. Die Gänse müssen im Zickzack fliegen, damit sie durch das Flugzeug nicht zerfetzt werden. Eine Gans nach der anderen nimmt nun auf einer Wiese Platz. Zum Glück sind sie vollzählig. Eine Gans sagt: „Mein Schwanz ist ganz ausgefranst!" Eine zweite Gans erzählt: „Ja, ich bin auch ganz zerfranst. Fast hätte das Flugzeug mich am Hals erwischt!" Eine dritte Gans fügt hinzu: „Meine schönen Schwungfedern haben jetzt auch Fransen!" Eine vierte Gans sagt ganz entsetzt: „Wir sehen ja aus wie Gespenster!" Eine fünfte Gans meint: „Dann lasst uns doch wenigstens tanzen!" Eine sechste Gans zählt alle Gänse noch einmal durch. Dann sagt sie: „Gut, das wird dann der Tanz der Gänsegespenster! Das wird bestimmt ganz toll!"

Die Zebras

Eine Zebraherde grast und erzählt dabei interessante Sachen. Das Gras ist ziemlich trocken, denn es hat lange nicht geregnet. Ein Zebra meint: „Wenn jetzt ein Regenguss kommt, wird es bestimmt wieder ein ganz schlimmer Platzregen." Ein zweites Zebra fragt besorgt: „Aber es wird doch keinen Tsunami geben?" Das erste Zebra schüttelt den Kopf: „Nein, wir sind hier mitten in Afrika. Hier gibt es keine Tsunamis. Tsunamis gibt es nur am Meer, meistens in Asien!" Das zweite Zebra ergänzt: „Du hast ja recht. Aber nach einem Platzregen sind hier immer ganz viele tiefe Pfützen."

Zora und ihr Zirkel

Zora liebt ihren Zirkel. Sie zeichnet gerne ziemlich viele Kreise auf Zeichenpapier. Manche dieser Kreise sind nur zwei Zentimeter im Durchmesser, andere Kreise haben einen Durchmesser von bis zu zehn oder sogar zwanzig Zentimetern. Manchmal zittert Zora jedoch beim Zeichnen mit dem Zirkel. Dann kann sie nicht genau abschätzen, wie groß die Kreise sind. Von diesen zitterigen Kreisen ist Zora aber ganz fasziniert. Dann erzählt sie lachend: „Ich habe mit meinem Zirkel einen Kreis gezeichnet, der zirka zwei bis zwanzig Zentimeter groß ist!"

Saskia isst gern Pizza

Saskia isst mittags und abends am liebsten Pizza. Am allerliebsten isst sie ihre Pizza zusammen mit ihren Eltern. Beim Essen erzählen Saskias Eltern gern etwas über ihre Erlebnisse mit Pizza. Die witzige Geschichte von der Pizza in Nizza gefällt ihr am besten. Saskia sagt: „Bitte erzählt doch nochmal von eurer Pizza in Nizza!" Papa sagt: „Saskia, eigentlich kennst du ja schon diese Geschichte. Aber ich erzähle sie dir gerne noch einmal. Du weißt ja, dass Mama und ich unsere Hochzeitsreise damals nach Nizza gemacht haben. Es war mitten im Sommer und sehr heiß. Wir haben ordentlich geschwitzt. In einem Restaurant im Stadtzentrum von Nizza haben wir uns dann zwei Pizzen bestellt, mit viel Käse und anderen leckeren Zutaten. In der heißen Sonne von Nizza schmolz dann der Käse auf unserer Pizza."

Saskia isst gern Pizza (Fortsetzung)

Jetzt erzählt Mama weiter: „Ja, und du hast dann deinen Pizzakäse mit der Zunge aufgeleckt, bevor er so zerflossen war, dass er den Teller verließ und auf den Tisch floss. Das war sehr witzig. Ich konnte den Käse von meiner Pizza gerade noch mit meiner Gabel aufgabeln und mit dem Messer zerteilen. Dann habe ich den Käse ganz geschickt auf meine Pizza zurück bugsiert und dort platziert. Papa hat geklatscht und mir einen schmatzenden Kuss gegeben!" Saskia ist begeistert von der Erzählung ihrer Eltern und sagt verzückt: „Ihr seid wirklich großartige und lustige Eltern, die besten und witzigsten Eltern der Welt. Dafür bekommt ihr von mir nicht nur eine gute Zensur, sondern auch einen Kuss. Und jetzt essen wir unsere Pizza zusammen bis zum letzten Bissen auf!"

Schwerpunkt x, cks, ks, chs

Max kleckst

Max kleckert und kleckst oft und gerne. Max mag Kleckse und alles, womit er kleckern kann. Beim Malen kleckst er mit vielen Farben. Max kleckert auch mit Schokoladenpudding auf seine Klamotten. Max liebt die Kleckse auf seiner Kleidung. Manchmal haben die Kleckse sogar Zacken oder sehen aus wie Autoachsen. Max kleckert sich auch auf die Socken und an die Hacken. Max kleckst gekonnt mit Kuchen und Keksen. Die Krümel kleben an den Klecksen fest, das hat Max klug erkannt. Wenn man Max sucht, findet man ihn ganz einfach. Überall, wo Kleckse sind, ist auch Max.

Hexerei

Axel ist eigentlich schon erwachsen. Trotzdem kleckert er immer noch. Auf all seinen T-Shirts sind Kleckse und Flecken. Obwohl Axel selbst nicht mehr wächst, wachsen die Kleckse auf seinen Klamotten jeden Tag. Seine T-Shirts sind also keine T-Shirts mehr, sondern Klecks-Shirts. Neulich musste Axel in einen Copyshop gehen, der ausnahmsweise noch ein Faxgerät hat, denn Axel musste flugs etwas faxen. Die Leute in dem Copyshop haben Axel wegen seines bunten, klebrigen Klecks-Shirts komisch angeguckt. Eine junge Frau hat zu Axel gesagt: „Du bist doch Axel aus meiner ehemaligen Klasse. Deine Kleckse sind ja seit unserer Schulzeit noch gewachsen!"

Hexerei (Fortsetzung)

Schnurstracks hat die junge Frau Axels Klecks-Shirts mit zu sich nach Hause genommen und gewaschen. Am nächsten Tag überreicht sie Axel die gewaschenen T-Shirts. Axel war perplex: „Die Kleckse sind ja alle weg. Das ist ja Hexerei!" Die junge Frau hat gelacht und geantwortet: „Nein, ich habe nur das richtige Waschmittel gegen Kleckse und Flecken genommen!" Die beiden haben zusammen Kekse mit Pudding gegessen. Natürlich hat Axel wieder gekleckert und gekleckst. Jetzt ist eines der frisch gewaschenen T-Shirts schon wieder ein Klecks-Shirt.

Xaver und die Berge

Xaver ist stets auf Achse. Am liebsten geht er in den Bergen kraxeln. Bei seiner Kraxelei trifft Xaver oft einen Dachs. Der Dachs heißt Max. Zusammen verzehren die beiden gern die Kekse, die Xaver selbst gebacken hat. Diese Kekse bekommen auch Dachsen gut und sind sehr lecker. Unterwegs mit Max, dem Dachs, sieht sich Xaver gerne an, wie die Pflanzen gewachsen sind. Max, der Dachs, sagt dann: „Xaver, die Pflanzen sehen aus wie schöne Farbkleckse in der Landschaft!" Mit Max, dem Dachs, muss Xaver langsam in die Berge kraxeln, denn um schneller zu kraxeln, müsste Max noch wachsen.

Gemischte Diktate zur Vertiefung

Die Flussquelle

Aus einer Quelle quillt ein kleiner klarer Fluss. In der Nähe der Flussquelle teilen sich eine Qualle und quakende Frösche ein Quartier. Sie haben es sich dort ganz bequem gemacht. Obwohl die Qualle nicht quaken kann wie die Frösche, können alle ohne Qual miteinander kommunizieren. Die ganz besondere Qualle und ihre extrem ungewöhnlichen Froschfreunde essen gerne Quark von besonders guter Qualität. Das ist wirklich kein Quatsch. Manchmal gibt es auch Joghurt mit Quark und Kräutern, das nennt man Zaziki.

Die Meisenfamilie

Zwei Blaumeisen haben sich ineinander verliebt und bauen ein Nest für ihre Familie. Dabei ist der Meisenpapa fleißiger als die Meisenmama. Er fragt sie: „Warum hilfst Du nicht mit, meine Liebe?" Mama Blaumeise antwortet schlau: „Aber, mein Lieber, ich muss doch schon die Eier mit unseren Kindern legen und die meiste Zeit brüten!" Der Blaumeisenpapa nickt. Er ist einverstanden und baut allein begeistert weiter. Nun ist das Nest für die Meisenfamilie fertig und die Meisenmama hat auch schon einige Eier gelegt.

Die Meisenfamilie (Fortsetzung)

Jetzt brütet die Meisenmama und der Meisenpapa schafft das Futter herbei. Der Blaumeisenpapa fragt die Blaumeisenmama: „Wann kriechen unsere Kleinen aus den Eiern, was meinst du?" Die Meisenmama antwortet weise: „Sehr bald. Aber unsere Kleinen kriechen nicht, sondern sie schlüpfen aus den Eiern." Der Meisenpapa ist erstaunt und antwortet: „Toll, was du alles weißt!" Schon bald sind tatsächlich die kleinen Blaumeisen da. Sie werden gut gefüttert und wachsen schnell heran. Nach einer Weile können sie auch schon fliegen und spielen zwischen den Zweigen der Büsche, bis sich diese biegen. Nun sieht man viele Blaumeisen fröhlich umherfliegen.

Von Flüssen und Schiffen

Auf manchen großen Flüssen gibt es die Flussschifffahrt. Die Flussschifffahrt wird von vielen fleißigen Flussschiffern auf ihren flinken Flussschiffen betrieben. Dabei fahren die Flussschiffer mit ihren Flussschiffen die großen Flüsse herauf und herunter. Die Flussschiffer legen mit ihren Flussschiffen an verschiedenen Flussschiffsanlegestellen am Flussufer an. Dort steigen die Passagiere der Flussschiffe ein und aus. Einige Flussschiffe sind sogar Fähren, die auch Kraftfahrzeuge mitnehmen. Den Passagieren der Flussschiffe macht es großen Spaß, auf den Flussschiffen der Flussschiffer auf den Flüssen herumzufahren. Dort können die Passagiere die Flussschifffahrt in Ruhe und Muße genießen. Den Flussschiffern sind erfreut darüber, die Passagiere auf ihren schönen Flussschiffen zu befördern.

Mäuse

An einer Böschung am Rand eines Fußweges wohnt eine Mäusefamilie. Den Weg benutzen täglich viele Leute, die zum Einkaufen gehen. Die Mäuse belauschen die Leute bei ihren Gesprächen. Der Mäusepapa sagt zu seiner Mäusefamilie: „Wisst ihr, was die Leute eben gesagt haben? Sie haben doch tatsächlich gesagt, dass sie Mäuse zum Einkaufen brauchen. Wir müssen uns verstecken!" Die Mäusemama stöhnt: „Ja, und ich habe auch gehört, dass sie zum Einkaufen Moos und Kröten brauchen!" Ein Mäusekind fragt traurig: „Warum brauchen die Leute uns denn zum Bezahlen?" Ein zweites Mäusekind meint ärgerlich: „Davor müssen wir uns unbedingt schützen. Und was wollen die Leute mit unserem schönen weichen Moos?" Ein drittes Mäusekind weint sogar und sagt: „Denkt doch mal an die Kröten. Das sind doch unsere Freunde!"

Papa schreibt einen Brief

Papa muss einen Brief schreiben. Er findet es besser, den Brief als E-Mail zu schicken, aber das klappt nicht, denn der Computer bleibt leider aus. Eine Schreibmaschine hat die Familie nicht. Also muss Papa den Brief mit der Hand schreiben. Dazu braucht Papa Briefpapier. Mama bringt ihm das Briefpapier. Nun sucht Papa einen Schreiber. Er findet in seinem Schreibtisch einen Bleistift, einen Kugelschreiber und auch Briefumschläge. Papa schreibt den Brief lieber mit dem Kugelschreiber als mit dem Bleistift. Nun braucht Papa noch eine Briefmarke. Mama findet im Besteckkasten in der Küche zum Glück noch die passende Briefmarke für den Brief. Papa klebt die Briefmarke auf den Briefumschlag mit dem geschriebenen Brief. Auf dem Weg zum Shop stoppt Papa an einem Briefkasten und stopft den Brief in die Briefkastenklappe. Nun ist der Brief endlich in der Post.

Tonia, die Turnerin

Tonia trainiert jeden Tag das Geräteturnen. Sie turnt in der öffentlichen Turnhalle der Stadt. Die Turnhalle ist auch abends und an den Wochenenden für die Turner geöffnet. Tonia trainiert jeden Abend sehr lange an den Turngeräten, denn es ist ihr Traum, an einer der nächsten Olympiaden teilzunehmen. Heute Abend trainiert Tonia wieder in der städtischen Turnhalle. Es ist spät geworden. Tonia ist mit dem Training fertig. Aber leider stellt sie fest, dass die Tür der Turnhalle abgeschlossen wurde. Der Hausmeister hat nicht bemerkt, dass Tonia noch trainiert. Die Telefonnummer des Hausmeisters hat sie nicht. Tonia beschließt, in der Turnhalle zu übernachten. Sie überlegt, ob sie doch noch weiter trainieren sollte. Das könnte nicht schaden.

Tonia, die Turnerin (Fortsetzung)

Tonia klettert zuerst auf das Klettergerüst an der Wand der Turnhalle und natürlich auch wieder herunter. Sie macht Trampolinspringen. Auch das Kletterseil wird heute Nacht von Tonia nicht verschmäht, denn sie hat ja die ganze Nacht Zeit. Zu guter Letzt schwingt Tonia noch gutgelaunt mit dem Trapez hin und her. Jetzt ist es Mitternacht und Tonia wird müde. Sie isst und trinkt noch etwas von ihrem mitgebrachten Proviant. Danach macht sie es sich gemütlich auf einer der Gummimatten auf dem Boden der Turnhalle. Bald schläft Tonia ein und träumt von der Olympiade. Im Traum bekommt Tonia eine Goldmedaille. Am nächsten Morgen wird Tonia von dem lachenden, erstaunten Hausmeister geweckt.

Hilfe naht

Eine alte Nachbarin ist zu schwach, um einzukaufen. Es ist aufgrund ihres Bandscheibenleidens zu gefährlich zu viele Sachen zu tragen. Des Öfteren war sie deswegen schon beim Arzt und einmal sogar im Krankenhaus. Nun ist aber ein aufmerksamer Nachbar in ihr Haus eingezogen. Jetzt ist die Hilfe für die alte Nachbarin auf einmal sehr nah, denn der achtsame, neue Nachbar hat sie gefragt: „Darf ich Ihre Einkäufe für Sie nach Hause tragen? Ich kann Sie auch mit dem Auto fahren." Die alte Nachbarin hat ihn gefragt: „Was möchten Sie denn dafür haben?" Der Nachbar hat gelacht und geantwortet: „Nur manchmal eine Tasse Kaffee!"

Kann etwas in der Luft liegen?

Zwei Katzen sind auf einen Baum geklettert und schauen den Spaziergängern zu. Die eine Katze sagt aufgeregt zu der anderen Katze: „Du, da ging eben jemand vorbei, der gesagt hat, dass etwas in der Luft liegt!" Die andere Katze antwortet: „Das ist doch kompletter Quatsch. Die Luft ist doch keine Bank, auf der man liegen kann!" Die erste Katze sagt besorgt: „Er hat zu uns nach oben geguckt. Vielleicht hat er uns entdeckt und gemeint!" Die zweite Katze erwidert belustigt: „Von uns beiden liegt auch keine in der Luft. Außerdem haben wir uns doch hier oben im Baum gut versteckt. Er kann uns gar nicht entdeckt haben. Ich glaube, er hat von Regen oder Gewitter geredet. Das sagen die Menschen so, wenn sie denken, dass Regen kommt!" Die erste Katze fragt: „Wie kann das nun wieder sein? Regen kann doch gar nicht in der Luft liegen. Oder hast du schon mal Regen gesehen, der in der Luft liegt? Regen regnet doch einfach vom Himmel herunter!" Die zweite Katze überlegt eine Weile, bevor sie der ersten Katze antwortet. Dann sagt sie: „Doch, ich bin vor einiger Zeit mal in einen kräftigen Regenguss gekommen und da lag der Regen genau waagerecht in der Luft. Ich war schnell ganz nass. Wo warst du da eigentlich?"

Kann etwas in der Luft liegen? (Fortsetzung)

Die erste Katze denkt nach und guckt still und etwas traurig vor sich hin. Dann sagt sie zur zweiten Katze: „Ich glaube, das war der Tag, als ich so krank war, an dem ich nicht mit dir zusammen sein konnte. Es ging mir doch so schlecht, dass ich gar nicht aus meinem Körbchen gekommen bin und auch nichts gefressen habe. Du hattest doch auch Angst um mich!" Bei dieser Erinnerung guckt die zweite Katze nun auch etwas traurig und fügt noch hinzu: „Ja, ich weiß. Du warst so krank wie noch nie zuvor. Dann hast du mich angesteckt und ich bin auch krank geworden. Anschließend lagen wir beide tagelang nur im Körbchen. Aber in der Zeit hat es ja sowieso nur geregnet!" Die erste Katze schaut nach oben und klagt: „Ich glaube, es fängt jetzt gleich an zu regnen. Lass uns schnell nach Hause gehen, sonst werden wir wieder krank!" Da kommen auch schon die ersten Regentropfen. Die beiden Katzen springen vom Baum und laufen flugs nach Hause ins Körbchen. Draußen regnet es, aber drinnen im Trockenen ist es ganz gemütlich und kuschelig für die beiden Katzen.

Der verflixte Tuschkasten

Mara malt gerne Bilder. Ihre Bilder malt Mara am liebsten mit der Tusche aus ihrem Tuschkasten. Es ist ein riesiger schöner Tuschkasten mit 24 verschiedenen leuchtenden Farben. Vertieft in ihrer Malerei ist Mara manchmal nicht sehr aufmerksam. Sie benutzt zu viel Wasser, sodass die Tusche der verschiedenen Näpfe oft im Tuschkasten verläuft und sich dort schon vermischt. Dabei entstehen nicht nur schöne Farben. Das ist schade. Das findet auch Mara. Mara müßte eigentlich nach dem Malen ihren Malkasten so lange offenlassen, bis alle Farben in den Farbnäpfen getrocknet sind. Aber Mara denkt manchmal darüber nicht nach, sondern schaut sich lieber ihre Malerei auf dem Malpapier an, und klappt dabei gedankenverloren den Tuschkasten mit den nassen Farben zu. Es passiert dann auch schon mal, dass die flüssigen Farben beim Zuklappen des Kastens über dessen Rand schwappen.

Der verflixte Tuschkasten (Fortsetzung)

Mara merkt meistens nicht sofort, dass die Farben über den Rand schwappen, sondern erst, wenn sie ihren Tuschkasten am nächsten Tag wieder öffnen will und dieser sich nicht öffnen lässt, weil er durch die mittlerweile fest gewordenen Farben zusammengeklebt ist. Einmal hat Mara versucht, den ganzen zusammengeklebten Tuschkasten unter den Wasserhahn zu halten. Das war aber keine so gute Idee, nun liefen die wieder flüssigen Farben aus dem geöffneten Malkasten. Mara mußte mit dem tropfenden Farbkasten ganz schnell in ihr Zimmer zu ihrem Maltisch laufen, um mit den Farben des Kastens noch malen zu können. Mara hat dann geistesgegenwärtig den kleckernden Tuschkasten auf ein großes Blatt Zeichenpapier gestellt. Dabei ist zufällig tatsächlich eine schöne Malerei entstanden. Darüber hat Mara sich sehr gefreut. Nicht ganz so schön finden es aber Maras Eltern, dass nun der ganze Fußboden Farbkleckse hat. Zum Glück haben Maras Eltern nur darüber gelacht und nicht geschimpft.

Wer zu lesen versteht,
besitzt den Schlüssel zu großen Taten,
zu unerträumten Möglichkeiten.
Aldous Huxley

Abschlussdiktate

Ohne Entschuldigung gefehlt

Mario hat ohne Entschuldigung ganze drei Tage in der Schule gefehlt. Es hat auch niemand in der Schule angerufen, um Bescheid zu sagen, dass Mario krank ist oder um zu erklären, was sonst der Grund für sein Wegbleiben von der Schule sein könnte. Seine ganze Klasse war schon richtig besorgt. Am vierten Tag kommt Mario pünktlich zum Unterricht in die Schule und ist ganz gesund und ausgeglichen. Irgendwie finden das alle komisch, aber niemand wagt es, Mario zu fragen, welche Krankheit er hatte und warum er sich nicht entschuldigt hat. Als der Unterricht beginnt, fragt ihn der Klassenlehrer energisch: „Mario, du hast drei Tage gefehlt und dich nicht entschuldigt. Wo ist deine Entschuldigung?"

Mario überlegt angestrengt. Dann sagt er: „Entschuldigung, dass ich so lange gefehlt habe. Ich hatte keine andere Möglichkeit. Meine ganze Familie war tagelang in der Wohnung eingeschlossen. Wir hatten die Wohnungstür von innen abgeschlossen. Als wir morgens die Türe wieder aufschließen wollten, ist der Schlüssel im Schloss einfach abgebrochen und wir konnten ihn nicht wieder herausbekommen. Es konnte auch nirgendwo angerufen werden, weil mein Papa unser einziges Handy im Auto vergessen hatte. Wir haben fest daran geglaubt, dass uns vielleicht zufällig jemand anrufen würde und uns suchen würde, wenn er uns nicht erreicht, damit wir wieder aus der Wohnung kommen können, aber das hat nicht geklappt. Niemand ist auf uns aufmerksam geworden, obwohl wir auch laut geklopft haben. Glücklicherweise hatten wir genug zu essen und zu trinken in der Wohnung, sodass wir wenigstens nicht verhungern mussten. Gestern Abend hat dann ein Nachbar an unsere Wohnungstüre geklopft, weil er sich von uns etwas Zucker borgen wollte. Wir haben ihn darauf aufmerksam machen können, dass wir uns in der Wohnung eingeschlossen haben. Zusammen mit unserem guten Nachbarn haben wir die Tür endlich wieder aufbekommen, zum Glück. Deswegen bin ich heute auch wieder hier in der Klasse."

Nach einer ganz kurzen Pause fügt Mario hinzu: „Ach so, Sie warten bestimmt auf die schriftliche Entschuldigung. Die gebe ich Ihnen jetzt!" Mario gibt dem Klassenlehrer einen mit Kugelschreiber ganz klein bekritzelten Papierfetzen in die Hand. Der Klassenlehrer guckt mit einem komischen Gesichtsausdruck auf das kleine bekritzelte Stück Papier, aber er sagt nichts dazu. Mario bemerkt den Gesichtsausdruck seines Klassenlehrers und fügt seiner Erzählung noch kleinlaut hinzu: „Dieses Stück Packpapier war unser letztes Stück Papier. Mit dem letzten Rest Kugelschreibertinte hat Mama so gut wie möglich die Entschuldigung darauf geschrieben, aber man kann es doch lesen!" Der Klassenlehrer lacht: „Akzeptiert. Danke für deine Erzählung!" Die Klasse klatscht Beifall.

Das kann man doch nicht ahnen

Jedes Jahr im Sommer macht Arne Urlaub auf einem Campingplatz an einem Badesee. Auch dieses Jahr packt Arne wieder seine Campingsachen, um sie in seinem Auto zu verstauen. Auf dem Dachgepäckträger nimmt er auch noch sein altes Fahrrad mit. Aber was ist das? Arne ahnt, dass etwas nicht klappen kann, er kann die Halterung des Dachgepäckträgers nicht befestigen. Etwas an der Halterung ist kaputt. Arne braucht ein Ersatzteil. Aber das kann er im Moment nicht extra kaufen. Arne muss unbedingt die Halterung des Dachgepäckträgers stabilisieren, weil sonst sein altes Fahrrad während der Autofahrt vom Auto auf die Straße fällt und kaputtgeht. Außerdem ist das gefährlich für die anderen Autofahrer und für Arne selbst.

Arne kramt atemlos und verzweifelt in seinem Werkzeugkasten, in dem Schränkchen und in allen möglichen Kartons aus seinem Bestand. Ein Urlaubstag ist nun schon vergangen. Arne hat eine böse Vorahnung. Wird sein Urlaub dieses Jahr platzen oder soll er auf sein Fahrrad verzichten? Arne hat die Hoffnung noch nicht aufgegeben, doch noch ein Ersatzteil für den Dachgepäckträger zu finden. Vor ein paar Jahren hatte er sich vorsichtshalber einen Satz Ersatzteile auf Vorrat bestellt. Nun ist Arne auf dem Dachboden. Es ist sehr warm und Arne wäre jetzt lieber an dem Badesee neben dem Campingplatz oder auch gerne dort im Urlaub mit seinem Fahrrad unterwegs. Beim Fahrradfahren kühlt der Fahrtwind nämlich, wenn es zu warm ist. Außerdem könnte Arne auch schon ein paar schöne Fotografien machen.

Während Arne so vor sich hin träumt, fällt ihm ein alter Holzkasten auf, der in einer Ecke des Dachbodens steht. Arne ahnt, dass das etwas Gutes zu bedeuten haben könnte, er hofft es jedenfalls. Und tatsächlich, in dem alten Holzkasten sind die gesuchten Ersatzteile für den Autodachgepäckträger. Arne atmet auf. In ein paar Stunden ist er sicherlich auf dem Campingplatz am Badesee. Der Urlaub kann beginnen. Schnell schraubt Arne den Dachgepäckträger auf das Autodach und befestigt sein altes Fahrrad sorgfältig darauf. Alle anderen Campingsachen hatte Arne schon vorher in den Kofferraum seines Autos gepackt. Arne nimmt noch etwas Proviant für die Autofahrt und die ersten Tage auf dem Campingplatz mit. Ein paar Getränke sind natürlich auch dabei. Dann kann es endlich losgehen. Auf dem Campingplatz angekommen, schlägt Arne schnell sein Zelt auf und packt alle Sachen aus. Dann holt er sein Fahrrad vom Autodach und fährt erstmal eine Runde um den Badesee, um sich abzukühlen und auch schöne Fotografien zu machen. Nach der Fahrradtour geht Arne ganz entspannt im erfrischenden Wasser des Badesees baden. Er atmet tief durch. Endlich Urlaub!

Quälgeister

Martina und ihre Eltern haben Sommerurlaub. In diesen Sommerferien macht die kleine Familie Campingurlaub auf einem netten Campingplatz inmitten einer schönen Seenlandschaft. Überall um den Campingplatz, auf dem die Familie zeltet, gibt es viel Natur. Direkt am Campingplatz ist ein schöner Badesee mit einer Badeanstalt. Das frische, klare Wasser lädt zum Baden und Schwimmen ein. Der Badesee hat sogar einen eigenen kleinen Strand. Zum Glück ist das Wetter die ganze Zeit wunderschön. Die Sonne grüßt lachend vom Himmel. Es könnte nicht schöner sein. Die meiste Zeit des Tages verbringt Martina mit ihren Eltern am Strand an dem Badesee. Nat ürlich gehen sie auch sehr viel zum Schwimmen. Auf dem Campingplatz sind noch andere Kinder mit ihren Familien. So kann Martina auch mit Gleichaltrigen zusammenspielen und viel Spaß haben. Am Strand und auf dem Campingplatz spielen die Kinder und auch ihre Eltern oft Beachball, Wasserball, Federball oder auch mal Fußball.

Einige der Familien haben sich angefreundet und unternehmen zusammen viele schöne Ausflüge in die Natur in der Umgebung. Viele Bereiche der wundervollen Seenlandschaft stehen unter Naturschutz und man darf sie nicht direkt betreten, um die Tiere und Pflanzen nicht zu stören oder zu verletzen. Das verstehen alle. „Das ist doch ganz selbstverständlich", findet Martina, die genau wie ihre Eltern Pflanzen und Tiere sehr liebt und bewundert. Zum Glück führen Wanderwege und auch Radwanderwege durch die schöne Naturlandschaft. Direkt neben dem Campingplatz ist ein Fahrradverleih mit genügend Rädern für alle, die ein Fahrrad für ihre Ausflüge ausleihen wollen. Martina, ihre Eltern und ihre neuen Freunde können alle gut Fahrradfahren. So bringt es ihnen großen Spaß und große Freude, so oft wie möglich Fahrräder auszuleihen und auf den schönen Radwanderwegen fahrend die Natur zu erkunden. Martina fotografiert und filmt gerne mit ihrem Handy mit eingebauter Kamera. Auf den Ausflügen hat Martina schon viele seltene Fotografien und Videos gemacht. Zwischendurch machen die Familien auch ein Picknick in der Natur. Selbstverständlich räumen sie hinterher auch wieder auf und nehmen alle ihre Sachen wieder mit.

Allerdings gibt es auf dem Campingplatz und in der ganzen Seenlandschaft auch ein kleines Problem. In einer Seenlandschaft ist es nun einmal sehr feucht, teilweise gibt es dort auch Sümpfe und Moor. Viele tolle Tiere und Pflanzen kann man in dieser Seenlandschaft bewundern und die schöne Natur erforschen. Aber eine Tierart fühlt sich in dieser feuchten Atmosphäre besonders wohl. Ja, gut, es gibt hier sowieso viele Insekten, aber die sind ja ganz nett. Das sind zum Beispiel wunderschöne Libellen, Schmetterlinge, Bienen und Hummeln und auch viele niedliche und lustige Käfer. Natürlich fühlen sich all diese kleinen und kleinsten Tiere hier pudelwohl. Aber sie sind mit dem Problem nicht gemeint, sondern eine ganz andere kleine Tierart. Ganz besonders heimisch fühlen sich hier nämlich auch verschiedene Mückenarten. Nicht alle Mücken stechen, viele aber schon. Diese Stechmücken sind echte Quälgeister. Martina und die anderen benutzen natürlich Mückenschutzmittel, aber irgendwie scheinen manche Mücken sich daran gewöhnt zu haben und lassen sich nicht davon abschrecken. Besonders abends schwirren und fliegen überall ganze Schwärme von Mücken herum. Martina und auch alle anderen bekommen jeden Tag Mückenstiche, die furchtbar jucken. Der Juckreiz quält Martina sehr. Stechmücken sind wahre Plagegeister.

Manchmal schreit Martina die Mücken an: „Warum könnt ihr nicht verschwinden? Wozu seid ihr eigentlich gut? Ihr verderbt uns noch die ganzen schönen Ferien!" Dann beobachtet Martina, dass die Vögel oft pfeilschnell hinter den Mückenschwärmen herfliegen und sich die fiesen Mücken schnappen. Martina begreift nun, warum es Mücken gibt, und murmelt lachend vor sich hin: „Ach so, dafür seid ihr gut. Ihr seid Vogelfutter, ihr blöden Quälgeister!" Zu den Vögeln gewandt, die genau über ihr in den Bäumen fröhlich zwitschern, sagt sie: „Na, dann guten Appetit, meine bunten gefiederten Freunde!" Und tatsächlich schnappen sich die Vögel viele Mücken aus dem Mückenschwarm, der Martina gerade Qualen bereitet. Die Mücken hauen ab, aber die Vögel jagen hinter ihnen her. Martina lacht, obwohl sie schon wieder zwei neue Mückenstiche am Bein hat. Sie ruft den Vögeln zu: „Bitte lasst aber die anderen Insekten in Ruhe. Es gibt ja genug Mückenquälgeister hier, die ihr euch schnappen könnt!" Dann fügt sie noch lachend hinzu: „Na gut, die Fliegen könnt ihr auch haben!" Ganz in Martinas Nähe quakt ein Frosch. Das Quaken hört sich irgendwie etwas empört an. Martina entdeckt den kleinen grasgrünen Frosch und sieht ihn an. Beruhigend sagt sie zu ihm: „Keine Sorge, die Fliegen sind für dich und deine Freunde."

Unbemerkt ist inzwischen Martinas neuer Freund Benjamin herbeigekommen und lacht. Lächelnd fragt er Martina: „Willst du etwas von meiner juckreizstillenden Salbe haben? Du hast ja schon wieder neue Mückenstiche!" Martina nimmt die Salbe von ihrem Freund dankbar an und schmiert sie auf ihre juckenden Stiche. Das lindert den Juckreiz sofort. Benjamin fragt: „Wollen wir gleich auf dem Rasen vom Campingplatz Fußball spielen?" Martina nickt begeistert. Wenn es um Fußball geht, ist Martina nicht zu stoppen. Sie ist schon eine richtig gute Torschützin. Martina und Benjamin spielen mit einigen anderen Kindern nun stundenlang zusammen, bis zum Abendbrot, Fußball. Die befreundeten Familien essen abends immer zusammen vor ihren Zelten und Wohnwagen. Die Kinder haben nach dem Fußballspielen einen riesigen Hunger und gehen zu dem Platz vor den Zelten, an dem alle Familien immer zusammensitzen. Martina und Benjamin fragen, wie aus einem Munde: „Wann gibt es endlich Abendbrot?

Wir schlottern und bibbern trotz der Hitze schon vor Hunger, und Durst haben wir auch!" Martinas Papa grinst die Kinder an und meint: „Ihr habt ja von den hungrigen Mücken etwas gelernt." Lachend schaut er die hungrige Kinderschar an, die ihn etwas verdutzt anguckt. Dann sagt er: „Ich meine, ihr tretet auch im Schwarm auf wie die Quälgeister. Es geht doch sofort los mit dem Abendessen. Die Tische sind auch schon gedeckt. Es gibt heute aber nur Spaghetti mit Tomatensoße!" Martina und Benjamin lecken sich die Lippen und schauen sich verschwörerisch an. Spaghetti mit Tomatensoße ist ihr Lieblingsessen und auch das der anderen Kinder.

Nun sitzen alle Familien zusammen an den gedeckten Tischen und verspeisen glücklich das wunderbare, leckere Abendessen. Die Sonne geht unter. Über den Tischen sind an einer Leine kleine Lampions aufgehängt. Es wird gemütlich und alle genießen den tollen Sommerabend auf dem Campingplatz mitten in der Natur. Wie immer gesellen sich ein paar lästige Plagegeister namens Mücken dazu. Aber niemand lässt sich von diesen kleinen Quälgeistern den wunderschönen Abend zerstören. Es ist jetzt dunkel geworden. Man hört die Grillen zirpen und die Frösche quaken. Ein paar Enten landen geräuschvoll und laut schnatternd auf einem der Seen in der Nähe. Martina schaut ihren Freund Benjamin an und flüstert ihm zu: „Ach, würden diese Sommerferien hier doch nie vergehen!" Martina hat versucht, dabei zu lächeln und nicht traurig auszusehen, aber leider sind die Ferien bald vorbei und die Familien müssen sich für eine lange Zeit trennen, weil ja alle wieder nach Hause, zur Arbeit und zur Schule, müssen. Innerlich ist Martina doch ein bisschen traurig, auch wenn sie lächelt.

Plötzlich grinst Benjamin vor sich hin. Martina fragt ihn erstaunt: „Warum grinst du jetzt? Was ist dir eingefallen?“ Benjamin flüstert Martina ins Ohr: „Eigentlich wollte ich das Geheimnis noch länger für mich behalten, aber es muss jetzt endlich aus mir heraus!“ Dann platzt Benjamin fast vor Lachen, als er hinzufügt: „Martina, wir ziehen nach den Ferien direkt in eure kleine Stadt. Ich komme in deine Klasse!“ Martina boxt Benjamin halb entrüstet, halb erleichtert in die Rippen und tritt ihm liebevoll gegen das Schienbein. Dann sagt sie lachend: „Das ist typisch für dich. Immer musst du mich auf die Folter spannen. Irgendwie hast du etwas gemeinsam mit diesen Quälgeistern da in der Luft!“ Martina deutet nach oben zu den Mücken, die über den Tischen tanzen. Alle lachen und klatschen Beifall. Die Überraschung ist gelungen. Auch wenn nicht alle Familien in der Nähe wohnen können, freuen sich alle mit Martina, Benjamin und ihren Eltern und wünschen ihnen eine glückliche Zukunft. Der Rest der Ferien wird noch wunderschön und voller toller Abenteuer und Erlebnisse. Dann müssen alle wieder nach Hause. Aber eines wissen alle schon ganz genau: In den nächsten Sommerferien treffen sich alle trotz der vielen kleinen Plagegeister wieder, genau hier in der aufregenden Naturlandschaft.

Die wichtigsten Rechtschreibregeln

Als besonderen Bonus haben wir für Sie und Ihr Kind noch Übungen zu den wichtigsten Rechtschreibregeln vorbereitet.
Sie können die Übungen auch als Vorbereitung auf die entsprechenden Diktate sehen.
Erst wird die Anwendung der Regeln geübt, anschließend im Diktat gefestigt.
Klingt gut, oder?

Regeln zu Lauten und Buchstaben

Da die deutsche Sprache historisch gewachsen ist und seit Jahrhunderten vielfältigen Einflüssen ausgesetzt ist, entspricht ein Laut nicht immer exakt einem Buchstaben. In der deutschen Sprache ist es deshalb so, dass es für viele Bereiche gar keine wirklichen Regeln gibt, sondern einfach die richtige Schreibweise eines Wortes erlernt werden muss. Als Beispiel: Der lang ausgesprochene Laut a kann entweder einfach mit einem a, mit einem aa oder sogar mit einem ah wiedergegeben werden.

Es gibt schlichtweg keine Regel, wann ein langes a wie geschrieben werden muss.
Deswegen kann ich Ihnen in diesem Kapitel auch nicht zu allen Bereichen, die die Diktate abdecken, Regeln vorstellen. Leider existieren an einigen Stellen einfach keine Regeln.

Die s-Schreibung:

Ein scharfes s, also ein ß, wird nur verwendet, wenn vorher ein langer Vokal oder ein Doppellaut steht.
Als Beispiel:

Das Maß, die Maßnahme, die Straße, gießen, der Fuß

Wenn vorher ein kurzer Vokal steht, wird hingegen ein doppeltes s verwendet.

Als Beispiel:

Der Fluss, das Wasser, der Schuss, das Fass, der Schluss

Wie Sie die Regel mit Ihrem Kind üben:

Lassen Sie Ihr Kind jeweils zu beiden Varianten, also zu ss und ß, mindestens fünf verschiedene Wörter aufschreiben.
Erklären Sie Ihrem Kind jeweils, wieso welche Form des scharfen s verwendet wird.
Wenn Ihr Kind die Regel mit dem langen Vokal vor dem ß verstanden hat, werden in Zukunft deutlich weniger Fehler in diesem Bereich passieren.

Die Verdopplung von Konsonanten nach einem kurzen Vokal:

Nach einem kurzen Vokal werden Konsonanten in aller Regel verdoppelt.

Hier einige Beispiele:

Ass, Karamell, nummerieren, Tipp

Wie Sie diese Regel mit Ihrem Kind üben:

Nehmen Sie das Lieblingsbuch Ihres Kindes und suchen Sie in einem Absatz gemeinsam alle Wörter heraus, auf die diese Regel zutrifft. (Das Wort „zutrifft" ist auch so ein Fall!)

Dann schreibt Ihr Kind diese Wörter auf und erklärt Ihnen bei jedem der Wörter, warum sie so geschrieben werden.

Danach sitzt die Regel. Garantiert!

Die Umlautschreibung:

Wenn ein Wort von einem anderen Wort abgeleitet wird, in dem ein a vorkommt, wird in dem abgeleiteten Wort ein ä anstelle eines e verwendet.
Kurze Beispiele dazu:

schnäuzen (kommt von Schn**a**uze)
Stängel (kommt von St**a**nge)
aufwändig (kommt von Aufwand)
überschwänglich (kommt von Überschw**a**ng)

So üben Sie gemeinsam mit Ihrem Kind:

Suchen Sie gemeinsam Wörter heraus, in denen ein a vorkommt und leiten Sie daraus Wörter mit einem Umlaut ab. Zum Beispiel: Hand -> händisch, Wand -> Wände, Gans -> Gänse
So wird Ihr Kind die Regel garantiert schnell verstehen!

Die richtige Schreibung von Fremdwörtern:

Einige Fremdwörter werden an das Deutsche angepasst, wenn sie in die Sprache übernommen werden.
Als Beispiel werden Wörter, die in anderen Sprachen mit ph, th und rh geschrieben werden zu f, t, und r.

Zum Beispiel: Mikrofon statt Mikrophon, Fotokopie statt Photokopie, Grafiker statt Graphiker.
Wörter, die aus der englischen Sprache stammen und die auf y enden, bekommen ein Plural-s, wie es im Deutschen normalerweise der Fall ist, angehängt.

Zum Beispiel: die Lobbys (statt the lobbies), die Hobbys (statt the hobbies), die Babys (statt the babies).
Das sind nur einige wenige Beispiele dafür, wie Wörter „eingedeutscht" werden.

So üben Sie mit Ihrem Kind:

> Suchen Sie gezielt nach einem Text mit vielen Fremdwörtern. Schauen Sie sich gemeinsam an, warum diese Wörter so geschrieben werden.
> Wenn Ihr Kind ganz besonders großes Interesse daran zeigt, dann können Sie auch in fremdsprachigen Texten schauen, wie die Wörter dort geschrieben werden. Spannend, oder?

Regeln zur Groß- und Kleinschreibung

Generell gibt es in der deutschen Sprache vier verschiedene Bereiche, in denen Wörter großgeschrieben werden: Die Substantive und Substantivierungen, Eigennamen, die höfliche Anrede und Satzanfänge.

Substantive und Nominalisierungen

Substantive werden grundsätzlich großgeschrieben. Als Faustregel gilt immer, dass Substantive Wörter sind, die Dinge bezeichnen, die man anfassen kann. Zum Beispiel die Tür, das Fenster, die Lampe, der Stock.

Aber auch alle Menschen und Tiere: Der Mann, der Schornsteinfeger, die Katze, der Hund, die Spinne.

Es gibt auch viele Substantive, die man nicht anfassen kann. Zum Beispiel: Die Liebe, der Hass, die Sonne, das Nichts.

Auch Tageszeiten und generell Zeitangaben werden großgeschrieben: Heute Morgen, gestern Abend, morgen Mittag.

Ordnungszahlen werden ebenfalls großgeschrieben: Der Erste, der Zweite, der Dritte.

Üben Sie mit Ihrem Kind: Versuchen Sie, gemeinsam so viele Substantive zu finden, die man nicht anfassen kann, wie möglich!

Schlusswort an die Kinder

Nun hast du sicher gute Fortschritte in der Rechtschreibung gemacht und auch Spaß dabei gehabt. Das Buch ist nun zu Ende, aber mit dem Lernen ist es niemals zu Ende. Um dauerhaft gut in der Rechtschreibung zu sein, ist es wichtig, beständig zu üben.

Dafür gibt es zwei einfache Arten, die viel Spaß bereiten: Lesen und Schreiben. Lies Bücher, die dich interessieren, und denke dir selbst spannende und lustige Geschichten aus, die du aufschreibst. Du kannst auch über deine eigenen Erlebnisse oder irgendetwas anderes schreiben, das du interessant findest. Durch Lesen trainiert sich deine Rechtschreibung ganz entspannt, denn dabei siehst du viele richtig geschriebene Wörter und merkst sie dir ganz nebenbei, während du den spannenden Geschichten folgst. Beim Schreiben übst du aktiv, was bedeutet, dass du dich ein wenig mehr anstrengen und konzentrieren musst. Aber das lohnt sich, denn mit guten Rechtschreibkenntnissen hast du es in der Schule sehr viel leichter.

Noch ein guter Tipp zum Schluss: Achte auch bei deinen Textnachrichten, die du an deine Freunde schickst, auf die richtige Schreibweise der Wörter und die Zeichensetzung. Denn eine gute Rechtschreibung ist keineswegs uncool!

Haftungsausschluss

Die Umsetzung aller enthaltenen Informationen, Anleitungen und Strategien dieses Buches erfolgt auf eigenes Risiko. Für etwaige Schäden jeglicher Art kann der Autor aus keinem Rechtsgrund eine Haftung übernehmen. Für Schäden materieller oder ideeller Art, die durch die Nutzung oder Nichtnutzung der Informationen bzw. durch die Nutzung fehlerhafter und/ oder unvollständiger Informationen verursacht wurden, sind Haftungsansprüche gegen den Autor grundsätzlich ausgeschlossen. Ausgeschlossen sind daher auch jegliche Rechts- und Schadensersatzansprüche. Dieses Werk wurde mit größter Sorgfalt nach bestem Wissen und Gewissen erarbeitet und niedergeschrieben. Für die Aktualität, Vollständigkeit und Qualität der Informationen übernimmt der Autor jedoch keinerlei Gewähr. Auch können Druckfehler und Falschinformationen nicht vollständig ausgeschlossen werden. Für fehlerhafte Angaben vom Autor, kann keine juristische Verantwortung sowie Haftung in irgendeiner Form übernommen werden.

Urheberrecht

Impressum

1. Auflage

Susanne Rosenberg wird vertreten durch:

Marc Netzer, Garzweiler Allee 99 Jüchen

Autoren: Susanne Rosenberg & Marc Netzer
Projektleitung: Marius Hirscher
Satz und Gestaltung: tigaboys
Verlag: MaMa Verlag
Cover-gestaltung: Marius Hirscher
Illustrationen: Bubert Art

ISBN: 978-3-949801-10-5